Brüder Grimm——原著　陳麗君——主編　邱偉欣——台譯　近藤 綾（木戸愛樂）——插畫

序一

Khiā 台灣，看世界！

21 世紀後疫情時代，台灣 ê 優等表現得 tio̍h 國際上 bē 少 ê 支持 kap 肯定。台灣認同覺醒，hōo 咱 khiā 起 tī 世界舞台 kap 全球競合。Suà--落來，ài án-tsuánn 掌握時勢展現 Taiwan can help ê 能量 leh？個人認為發展「全球在地化」（Glocalization）ê 思維 kàh 行動，推動「在地全球化」（Logloblization）ê 行銷 kài 重要。以 tsit 款思考 ê 理路來應用 tiàm 教育發展，mā 一定是落實教育 ê 子午針。

咱 tsit 套「世界文學台讀少年雙語系列」讀物是為 tio̍h beh 建立青少年對「在地主體 ê 認同」以及 hùn 闊「世界觀」雙向 ê 目標，àn 算 thai 選「英、美、日、德、法、俄、越南」等國 ê 名著，進行「忠於經典原文 ê 台文翻譯 kap 轉寫」，做雙語（台語／原文）ê 編輯發行。Ǹg 望透過 tsit 套冊 kap-uá 世界文學，推廣咱 ê 台語，落實語文教育 kap 閱讀 ê 底蒂。透過本土語文閱讀世界，認 bat 文化文學，才有法度翻頭 tńg 來建立咱青少年對自我、台灣土地 ê 認同。Tī 議題 ê 揀選，為 beh 配合《國家語言發展法》，融入 12 年課綱 ê 題材，mā 要意聯合國永續性發展目標（Sustainable Development Goals, SDGs），親像性平教育、人權教育、環境教育等議題，ē-sái

提供多元題材，發展全人教育 ê 世界觀。台語文字（漢羅 thàu-lām）koh 加上優質配音，真適合自學 hām 親子共讀。

「語言是民族 ê 靈魂、mā 是文化 ê 載體」，真 tsai-iánn「本土語文青少年讀物」tī 質 kah 量是 tsiah-nī 欠缺，本人 tī 2017 年 4 月 hit 當時開始寫 tsit 份「台語世界文學兒童雙語閱讀計畫」beh 出版。是講 ná 有 tsiah 容易？囝 beh 生會順 sī，mā ài 有產婆！咱台灣雖罔有 70% 以上 ê 族群人口使用台語，全款 mā 是 tshun 氣絲 á 喘 leh 喘 leh，強欲 hua--去，因為有心 beh 推 sak ia̍h-sī 發心 beh 贊助 ê 專門機構真少。Ná-ē tsai-iánn 3 年後 2020 年 ê 開春，翁肇喜社長引領扶輪社「福爾摩沙委員會」ê 要員，對台北專工來到台南開會，開講 tio̍h「台灣語文教育 ê 未來發展」ê 議論，因為 tsit 个機緣，tsiáng 時 tsit 套有聲冊才有 thang 出世。

幼嬰 á 出世麻油芳，事工 beh 圓滿 mā ài 感謝咱上有本土心本土味 ê 前衛出版社提供印刷 ê 協助，本團隊無分國籍所有 ê 雙語文翻譯、潤稿校對 ê 老師，以及錄音團隊共同努力所成就 ê。我相信 suà--落來 ê 水波效應所反射出來 ê 魚鱗光，絕對 m̄-nā 是 kan-na 帶動台語文冊 ê 出版，更加是台灣本土語文 ê 新生 kap 再生！

陳麗君

國立成功大學台灣文學系副教授
「世界文學台讀少年雙語系列」企劃主編

序二

拍開台語萬年久遠 ê 門窗

語言 m̄-nā 是溝通 ê 工具，更加是族群生活文化 ê 載體，語言滅、族群亡！Tak-ke kám tsai-iánn？使用台語 ê 人口一分一秒 leh 流失，而且流失 ê 速度比咱所想 ê iáu-koh khah 嚴重。

根據學者調查，tī 1945 年進前出世 ê 台灣人，hit 陣 iáu-koh 有 71.4% 人厝內 ē-sái 用台語，使用中文--ê kan-na 有 12.3%。M̄-koh tī 1986 年以後才出世--ê，就 kan-na tshun 22.3% 厝內會用台語，啊 tī 厝內使用中文--ê suah 增加到 57.3%。Koh khah 使人驚惶 ê 是，tī 2009 年台語 mā hōo「聯合國教科文組織」列做「瀕危語言」。

就因為 án-ne，保存台語 ê 事工已經無容允咱 koh tùn-tenn 拖沙，hōo 咱 tsiok 感心--ê 是 tī 本社「福爾摩沙委員會」第一屆主委，mā 是咱 ê 前社長翁肇喜（PP George）先生 huah 起鼓 ê 號令，天母扶輪社發起結合扶輪 3521 第一分區 ê 北區社 kap 第三分區 ê 明德、至善、天和、天欣扶輪社六社共同支持 tsit pái ê 出版計畫，由咱 tsit 屆現任「福爾摩沙委員會」主委褚繼堯（Jake）先生用心良苦落去規劃、協調，kap 國立成功大學台灣文學系陳麗君副教授所 tshuā 領 ê 團隊，堅持執行到底絕對 ài 成。

人講「路無行 bē 到，事無做 bē 成」，執行團隊像 tàu 超級 ê ba-té-lih leh，tī 無一年 ê 時間，克服所有 ê 艱難，咱這套「世界文學台讀少年雙語系列」ê 第一彈《你無聽--過 ê 格林童話（台德雙語版）》ê gín-á 文學 beh 出世 ah！自以早《格林童話》就是序大人陪伴 gín-á siōng 貼心 ê 手伴冊，翁先生特別講起：ē-sái kā 意義深烙 ê《格林童話》用台語文字（漢羅）kap 朗讀（有聲冊）ê 方式來呈現，對 beh 幫贊 tak-ke 學習台語，tiānn-tio̍h 會提昇真大 ê 趣味 kap 效率，上要緊 ê 是，hōo 咱 ê 台語文 m̄-nā ē-sái 生湠 koh 會釘根。

本人 tsiok 榮幸 thìng-hó tī《你無聽--過 ê 格林童話（台德雙語版）》beh 束尾兼 si-a-geh ê 時陣，以迎接「新生兒」ê 歡喜心，代表本社作序，mā 呼應今年度（2020-2021 年）國際扶輪（Rotary International, RI）ê 主題：「扶輪打開機會」（Rotary Opens Opportunities），阮誠心 n̂g 望透過 tsit 本冊 ê 出版，ē-sái 創造咱做人爸母--ê 攬抱咱 ê gín-á sī-sè tâng-tsê 學台語，看重咱 ê 爸母話，nā 是天公伯--á 真正有 thiānn-thàng tsit-tīn gōng 人，tsit 本冊 ē-sái 發揮 gia̍h 頭旗、nn̄g 頭 tīn ê 效果，hán-huah 出所有 ê 人對台灣文化 kap 對台語 ê 重視，hōo 台語 ē-sái kin-tuè iáu-koh leh 大聲喘氣 ê 台灣人繼續活--落去，這才是咱 tsit 个計畫所有 ê 參與者上值得安慰 ê 回報。

楊文宗（P Bruce）

台北天母扶輪社第三十九屆（2020-2021 年）社長

序三

Ǹg 望「上好」ê 開始

德國文學 Grimms Märchen（《格林童話》）故事 lóng 總有三百 guā 篇，其中一 kuá 故事 hōo 人改編--過，mā 有人翻譯--過，tī 華文閱讀 ê 世界，《格林童話》ê 名聲 ū-iánn 是 tshìng-kuah-kuah，比論〈青蛙王子〉ē-sái 講是大人 gín-á lóng tsai-iánn--ê；ah nā 講 tio̍h〈灰姑娘〉〈小紅帽〉mā kuí-nā pái hōo 人改編 phah 做電影，名聲 thàng 全世界。Koh 親像 tsit phō 奇巧 ê〈長髮姑娘〉m̄-nā 故事出名，mā hōo Disney 改編、 phah 做《魔髮奇緣》tsit 齣電影，koh khah 造成轟動。Iáu 有〈糖果屋〉mā hōo 美國人改編做 tài 有「女性主義」角度 ê 電影，片名號做《戰慄糖果屋》，地位已經 m̄ tan-tan 是 gín-á 古 ah。

總--是，不管是 hőng phah 做電影 iah 是中文 ê 翻譯，in lóng kah 原版 ê 故事差真 tsē。電影 khiā tī 娛樂 ê 角度，改編了 khah hàm 古是四常--ê，m̄-koh 翻譯畢竟是文學作品 ê 再現，中文翻譯 suah 有真 tsē 修削過度 ê 情形，致使中文讀者就 ná 像是 leh 讀另外一篇作品，領受 bē tio̍h 原底作品 ê 面模 á kah 靈魂，真無 tshái ！

Tsit 本台語 ê《Grimms Märchen 選集》，咱 kā 號做《你

無聽--過 ê 格林童話》，uì 咱感覺 khah 好 ê 1843 年版本揀頂面講--tio̍h ê 5 篇故事。阮翻譯 ê 第一个思量，就是 ài 盡量 uá 近原著作 ê 原汁原味，hōo tsia-ê 翻譯有文學再現 ê 功能；當然，阮 ê 翻譯 tik-khak ài 管顧 tio̍h 台語氣口 kah 聲嗽 ê 表現——tsit 个部份就是翻譯者 ê 創作工夫 ah。為 tio̍h beh hōo「再現」kah「創作」 ba-làng-suh，一个 bat 德語 ê 翻譯者 kah 兩个專業 ê 台語教師 sann-kap 合作，tsia-ê 故事 ê 台語翻譯最後才誕生。德文譯做台語 huān-sè 是頭一 pái，因為 án-ne，咱 m̄ 敢講是 siōng 好，m̄-koh 阮 n̍g 望這是「上好」ê 開始。

邱偉欣

國立成功大學台灣文學系博士生
台文譯者

目次

Grimms Märchen

1
紅帽 á

Íng-kuè，有一个 tsiok 古錐 ê 查某 gín-á，m̄管 siáng 看 tio̍h 伊 lóng 真佮意，上愛伊 ê 人就是 in 阿媽，siánn-mih 物件 lóng mā 挖挖出來 hōo--伊，疼 kah ná 命--leh。

Hit-pái，阿媽 hōo 伊一頂絨 á 布 thīnn ê 紅帽 á，因為 tsit 頂帽 á kah 伊 tsiok sù-phuè，伊 tsuánn 別頂 lóng 無 ài 戴，tsiū-án-ne ta̍k-ke lóng 叫伊紅帽 á。

有一日 in 阿母 kā 叫--來講：「紅帽 á，你 tsim-tsiok 聽。Kā tsia-ê 雞 nn̄g 糕 kah 酒 the̍h 去 hōo 阿媽，伊 tsit-má 破病，身體 tsiok 虛--ê，tsia-ê 物件 ē-sái hōo 阿媽恢復元氣。Thàn 天氣 tshiu-tshìn ê 時陣 kín 去，沿路 tio̍h-ài khah 有查某 gín-á 款--leh，m̄-thang tsáu 入去樹林顧 tshit-thô，sì-kè pha-pha-tsáu 喔！你 nā 顧 sńg kā 玻璃 kan-á 摔破--去，阿媽會無 thang 食。去到阿媽 hia，mā m̄-thang hònn-hiân，目睭 sì-kè 烏白 siòng，ài 先 kā 阿媽講 gâu 早喔！」

「我會照你講--ê 做 kah 真好勢！」紅帽 á 伸手 ài in 阿母放心。Suah m̄知阿媽 tuà 真 tiàu-uán，uì 市

區 kiânn 起 ài 點半鐘才會到樹林--裡，紅帽 á 人一下到樹林內底，就 hōo 一隻野狼 tng--tio̍h。紅帽 á m̄知野狼真歹心 hīng，當然 m̄知 thang 驚。

「紅帽 á，gâu 早！」野狼 kah 伊 sio-tsioh-mn̄g，

「你 mā gâu 早！」

「紅帽 á，七早八早你是 beh 去 tó-uī？」

「我 beh 去阿媽 tau。」

「你 ê hâ-kûn 是 phè siánn-mih 物件？」

「是 gún tsa-hng 烘 ê 雞 nn̄g 糕 kah 一罐酒。我 beh tsah 去 hōo 破病 ê 阿媽食，án-ne 伊就會 khah-kín 好--起來！」

「紅帽 á，恁阿媽 tuà tī tó-uī ？」

紅帽 á ìn 講：「Uì 樹林 tsia koh kiânn 十五分鐘，阿媽 tau 就 tī 三 tsâng 大 tsâng 橡樹 hia，厝外口 ê 樓梯 kha 有圍籬 á，看--tio̍h 你就知。」

歹心 ê 野狼心內暗暗 á 想：「這个查某 gín-á-inn 看起來有夠好食款，tik-khak 比 hit 个老--ê 滋味 koh-khah 讚。Nā-beh kā in 兩个 lóng lia̍h 來拆食落腹，tio̍h-ài 用 kuá 計智。」

野狼就 uá 去紅帽 á 身軀邊 kā 講：「紅帽 á 啊！你看這樹林內底規 sì-kè ê 花 hiah 媠，你 thài 無愛去看花？我 ioh，你 tik-khak 無去聽古錐 ê 鳥 á 唱歌--honn ？你 kan-na 顧趕 beh 去看阿媽，bē 輸 beh 去學校讀冊--leh，suah m̄ 知 thìng-hó tiàm 樹林 se̍h-se̍h lau-lau--leh，有夠無彩--neh ！」

紅帽 á 目睭 thí kah 大大蕊，看日頭光 thàng 過樹葉 tī 樹林內跳舞，sì-khoo-liàn-tńg ê 花 lóng 開 kah 真 ām 真媠，伊就想講：「我 nā bán kuá-á iū-koh 媠 iū-koh 芳 ê 花去送阿媽，阿媽一定會 tsiok 歡喜--ê。Thàn 時間 iáu-koh 早早，我 kín 來去樹林內底 bán 花。」

Tsiū-án-ne，紅帽 á kiânn 離開大路去 bán 花。Piān-nā bán 一蕊花，伊就想講頭前一定有 koh khah 媠--ê，伊就 koh 向前--去，沿路 bán 沿路 tshuē，愈行愈入--去。

野狼無 tuè 紅帽 á 入去樹林，tian-tò 順大路直直 kiânn 來到阿媽 ê 厝！野狼 kā lòng 門，阿媽 tī 厝內問：「Siánn-mih 人 tī 外口 leh lòng 門？」

「紅帽 á 啦！我 tsah 雞 nn̄g 糕 kah 酒來，kín 開門！」

「門 sak--leh 就開 ah。」阿媽 tī 厝內 huah 講：「阿媽人真虛，kha bē tsih 力，khiā--bē 起來。」

野狼 uì 門 kînn kā 門 sak--leh，門就開 ah，野狼一下入--來，直直 kiânn uì 阿媽 ê 眠床去，hm̍h-hm̍h 無講話，大大 tshuì 就 kā 阿媽吞落去腹肚底 ah。食了，野狼 kā 阿媽 ê 衫 á 褲穿--leh，kā 阿媽 ê 帽 á 戴--leh，tó tiàm 阿媽 ê 眠床頂，koh kā báng-tà-lî khiú kah 好勢 liu-liu。

阿媽 hōo 野狼食--去 ê 時陣，紅帽 á iáu-koh tī 樹林內 tshuē 花 bán 花，到 kah 伊 bán ê 花 tsē kah

the̍h 無法 ê 時，伊才想 tio̍h 阿媽。紅帽 á tò-tńg 去原本 ê 大路 kiânn 去阿媽 tau，到位 ê 時大門開開，伊 sió-khuá-á 驚--tio̍h，kiânn--入去了後，伊感覺 lio̍h-á 無 tuì-tâng。伊心內 leh 想：「A̋ih，我 kin-á-ji̍t ná-ē hiah 緊張？人我 tsiok 愛 kah 阿媽做伙--neh。」

紅帽 á 大聲 huah：「阿媽，gâu 早！」M̄-koh 無人 kā ìn。伊就 kiânn 去到阿媽 ê 眠床邊，kā báng-tà ê lî-á giú--開；阿媽 tó tī 眠床頂，帽 á 壓低低 kā 面 khàm--leh，看 tio̍h 真奇怪。

「阿媽，你 ê 耳 á ná-ē tsiah 大葉？」

「Án-ne 我才聽會清楚你講 ê 話啊！」

「阿媽，你 ê 目睭 ná-ē hiah 大蕊？」

「Án-ne 我才 ē-tàng kā 你 ê 古錐面看詳細啊！」

「阿媽，你 ê 手 ná-ē hiah-nī 大肢？」

「Án-ne 我 beh lia̍h 你才 khah 好 lia̍h 啊！」

「M̄-koh，阿媽，你 ê tshuì ná-ē hiah-nī-á 恐怖？」

「Án-ne 我 mā 才 ē-sái 做一 tshuì 就 kā 你吞--落去！」野狼話講 suah，hiông-hiông uì 眠床頂跳--起來，可憐 ê 紅帽 á tsiū-án-ne hōo 食落去腹肚底 ah。

野狼 tshân-tshân kā in 媽孫 á 食--落去了後，就 tò-tńg 去眠床頂睏，睏 kah kônn-kônn 叫。有一个拍獵--ê tú-tú-á 好經過阿媽 ê 厝，心內 giâu-gî：「奇怪，hit 个老阿媽 ná-ē kônn kah hiah 大聲？」

伊 ná 想 ná m̄-tio̍h，就 kiânn 入去 hit 間厝，tng 伊 kiânn 到眠床邊，一隻狼 tī hia tó 現現！「你 tsit 隻該死 ê tsing-senn-á-póo ！」拍獵--ê 講：「我 tshuē 你真久 ah ！」拍獵--ê 準備對 hit 隻野狼開 tshìng，

hiông-hiông tì-kak tio̍h 阿媽真有可能已經 hōo 野狼食入去腹肚內，m̄-koh mā huān-sè iáu-koh 有救。想 tio̍h án-ne，伊就 kā tshìng 收--起來，換 gia̍h ka 刀來 kā tng leh 睏 ê 野狼 ê 腹肚 ka--開。

拍獵--ê uì 野狼 ê 腹肚皮 ka 開一 phāng-á，一頂紅帽 suî 看現現，koh kā ka khah 開--leh，一个查某 gín-á-inn 跳--出來，huah 講：「野狼 ê 腹肚底暗 bîn-bong，我險險 á 驚--死。」

好 ka-tsài 老阿媽 mā iáu-koh 活--leh，雖然強強 beh bē 喘氣 ah。紅帽 á kha 手 mé-liah，kín theh 大粒石頭 kā 野狼 ê 腹肚 tsinn kah tīnn-tīnn，野狼一下睏醒，想 beh 起 kha liu-suan ê 時，想 bē 到石頭 siunn 重，伊根本跳 bē--起來，tian-tò puah-puah--死囉！

In 三个人 lóng 真歡喜。拍獵--ê kā hit 隻狼 ê 皮剝--落來 theh tńg 去 in tau。老阿媽 kā 紅帽 á tsah 來 ê 雞 nn̄g 糕 kah 酒食了了，人 ke 真 khuìnn-uah。紅帽 á 反省 ka-tī：「阿母交代 bē-sái hòng-hòng 顧 tshit-thô，我 tsit 世人 bē koh 離開大路 tsáu 去樹林內底 sńg ah ！」

聽講，後--來 koh 有一 pái，紅帽 á 全款 theh 物件 beh 去 hōo 阿媽，有一隻狼 koh 想 beh 來 siânn 紅帽 á 離開大路去樹林--裡。紅帽 á kín tsáu 去阿媽 tau，koh kā 阿媽講，伊 tī 路--裡 tú-tioh 一隻野狼 kah 伊 sio-tsioh-mn̄g，m̄-koh 伊目睭內有妖氣，「Ka-tsài 是 tī 曠闊 ê 大路頭，nā 無就 kā 我食--落去 ah。」

「來！阿媽 kā 你講，咱門 kā tshuànn hōo 好勢，伊就無法度入--來 ah。」無 guā 久，野狼來 lòng 門，

huah 講：「開門 hōo 我入--去啦！阿媽，我是紅帽 á，我 tsah ka-tī 做 ê pháng kah 雞 nn̄g 糕來 hōo 你啦！」媽孫 á lóng 無出聲 mā 無開門。

Hit 隻 phú 頭狼 tī 厝 ê 邊 á sėh 來 sėh 去，尾手，跳 khí-lí 厝頂，伊 beh tī hia 等 kah beh 暗 á 紅帽 á beh tò-tńg 去厝 ê 時，tī 烏暗中 kā 紅帽 á 拆食落腹。Hit 隻狼 leh 想 siánn-mih，阿媽知知--leh。厝 ê 頭前有一 kha 大石槽，阿媽就講：「紅帽 á，去 kuānn 一 kha 籃 á té 一 kuá-á 我 tsa-hng 烘 ê 煙腸，koh 來 kā hiânn 好 ê 燒滾水 piànn 落去石槽內底。」紅帽 á 就去 kā 燒滾水 piànn 入去石槽--裡，piànn kah 規个 tīnn-tīnn。

煙腸 ê 芳味 tshìng 到野狼 ê 鼻 á，伊鼻頭 ngiauh--leh ngiauh--leh 鼻 tio̍h 味，目睭看對下 kha 去，ām-kún-á 伸 kah 長長長，到 kah 尾--á，因為 ām-kún-á 伸 siunn 長 suah khiā bē-tsāi，uì 厝頂 tshu--落去，直接 pua̍h 落去石槽，淹 tī 水內底 tū-tū--死。紅帽 á 歡歡喜喜 tńg 去到厝 ah，自 hiàng-sî 開始，就無人有法度 koh 傷害--伊囉。

2
番薯 kah 月桃

Tī 一片大樹林 ê 頭前，tuà 一戶人家。是一个 tshò 柴--ê 查埔人 kah in 牽手 tshuā 兩个 gín-á tuà 做伙。Tsit 兩个 gín-á，查埔--ê 名叫番薯，查某--ê 號做月桃。In 一家口 á 四个人 put-sám 時 to iau-ki-sit-tn̂g，m̄ 管是食--ê iah 是 lim--ê lóng tsiânn 欠缺，sàn-phí-phí 喔！

有一 kuè，in 國家 ê 物件 hiông-hiông 起大價，連 tak 工 lóng ài 食 ê pháng in to 買 bē 起。Hit 暝 tshò 柴--ê tī 眠床頂操煩 kah píng 來 píng 去睏 bē 落眠。

伊 thóo-tuā-khuì kā in 某講：「Nā koh 繼續 án-ne--落去，咱 m̄ 知會變 siánn 款？咱 siánn-mih to 無，是 beh án-tsuánn tshiânn-ióng tsit 兩个 gín-á--leh ？」

In 某 ìn 講：「翁--ê，你聽我講，咱 bîn-á 透早就 kā in 兩个 tshuā 去樹林內，到樹葉 á 發上 ām ê 深山，tiàm hia 起一 pha 柴火，koh hōo in suî 人一塊 pháng 了後，咱就 kā in 放 tiàm hia，做咱去做 khang-khuè。Gín-á tiānn-tio̍h tshuē 無 tńg 去厝 ê 路，以後咱就 m̄-bián koh 為 in 操煩 ah。」

Tshò 柴--ê 講：「某--ê，bē 用--tit 啦，我無可能 kā 我 ê kiánn tàn tiàm 樹林內，nā án-ne 做，in 一下 á 就會 hōo 野獸拆食落腹，tsiok 可憐--neh！我心肝無 hiah hiông 啦！」

In 某 suî 講：「我 tsit 个 gōng 翁，nā kā gín-á 留--leh，咱就 tshûn-pān ài iau--死，規氣 tsit-má 你就 kā 棺柴枋 tshuân 起來等。」Suà--落來，伊就直直 kā in 翁 hue，到 kah 伊同意 beh pàng-sak gín-á 才甘願 suah。

Tshò 柴--ê tshuì sėh-sėh 唸：「Aih，我真正 tsiok m̄-kam 我 tsit 兩个 gín-á 啦！」

Iau kah 大腸告小腸 ê 兩兄妹 á，因為腹肚 ku-ku 叫睏 bē 去，tú-á in 後母對老爸講 ê 話 lóng 聽 kah 明明。

月桃悲傷 ê 目屎 uì 目尾 suê--落來，講：「咱去了了 ah。」

番薯講：「你先 khah tiānn-tio̍h--leh，月桃，免驚惶 mā 免煩惱啦！我心內已經有 phah-sǹg ah。」

等序大人 lóng 去睏 ah，伊就 peh--起來，kā sè-niá kah-á 穿--leh，下 kha 層 ê 門開--開，liam-kha-so-手偷 suan--出去。天頂 ê 月娘 kng-iānn-iānn，tshiō tī 厝頭前 ê 白圓石 á 反射出來 ê 光有夠 hiánn-ba̍k。番薯 ànn 落來 khioh 圓石 á，khioh kah kah-á ê lak-tē-á tīnn-tīnn 了後伊才 tò-tńg--來，伊 kā 月桃講：「親愛 ê 小妹，你 ē-sái 安心 á 睏 ah，天公伯 á bē pàng-sak--咱啦！」講 suah，番薯 mā tó tiàm i ka-tī ê 眠床頂 onn-onn 睏。

隔 tńg 工天 phah-phú-kng，日頭 to iáu-buē 出--來，後母就來 kā in 兩个叫 tsing-sîn，huah：「恁兩个 pîn-tuānn-kut--ê，咱 beh 來去樹林 tshò 柴，koh m̄ kín 起床。」然後伊 hōo in 一人一塊 pháng，講：「這 beh hōo 恁中 tàu 食--ê，tsit-má bē-sái 食--tit，nā 食了我 bē koh hōo--恁喔！」因為番薯 ê lak-tē-á 已經 tē 滿石頭 á ah，就由月桃 kā pháng lóng thèh 來 khǹg tiàm 伊 ê hâ-kûn。

In 規家伙 á tsiū-án-ne kiânn 向往樹林 hit 條路。Kiânn--有一站 á，番薯就停落來看 tuì 厝 hia 去，伊不時 án-ne，kiânn-- 一 khùn-á 就越頭看--一下 á。In 老爸 tsiânn giâu-gî 就問：「番薯，你 leh 看 siánn？Ná-ē 直直越頭？Kiânn 路 ài sè-jī，tiunn-tî 你 ê kha 步。」

番薯講：「Aih，阿爸，我 leh 看我 hit 隻白貓啦，伊坐 tī 厝尾頂 leh kah 我 sio-sî--neh ！」後母 tuè-tshuì 講：「Gōng-giàn 頭！ He m̄ 是貓 á，he 是透早 ê 日頭 tshiō tio̍h 煙筒管反射--出來 ê 光！」其實，番薯 m̄ 是 leh 看貓 á，伊是沿路 uì lak-tē-á jîm 石頭 á 出來 tàn tiàm 路--裡。

In kiânn 來到樹林 ê 中央，老爸講話 ah：「Tsit-má 恁兩个去 khioh kuá 柴，我 beh 起火，án-ne 恁才 bē kuânn 喔。」番薯 kah 月桃 khioh tsiok-tsē 柴枝 thia̍p kah ná 一粒小山崙--leh。老爸 kā 柴枝點 hōo to̍h，火舌 to̍h kah 大大 pha ê 時，後母就講：「Tsit-má 恁 tiàm tsia，tiām-tiām m̄-thang 吵，阮入去樹林 tshò 柴，khang-khuè nā 做了，就會 tńg 來 tshuā--恁。」

番薯 kah 月桃坐 tiàm 柴火邊--á，到中 tàu，in 先食一塊 pháng。因為 in 一直有聽 tio̍h 斧頭 leh tshò 柴 ê 聲音，就想講，老爸應該 tī 附近才 tio̍h。其實 in 聽--tio̍h-ê 根本 to m̄ 是斧頭 tshò 柴 ê 聲，he 是 pa̍k tī 枯 ta 樹頭 ê 樹 ue hōo 風吹來吹去，lòng 來 lòng 去 ê 聲。

Tsiū-án-ne，in tī hia 坐 tsiok 久 tsiok 久，thiám kah 目睭已經 thí bē 開，無一下 á 久就睏--去 ah。到 kah in tsing-sîn，已經暗 bîn-bong ah。月桃開始哭講：「Tsit-má 咱 beh án-tsuánn kiânn 出樹林？」番薯 kā 小妹 an-tah 講：「咱 koh 等-- 一 khùn-á，月娘 nā 出--來，咱就 tshuē 有路 ah。」

到 kah 圓圓 ê 月娘出現 tī 天頂，tī leh thôo-kha 發光 ê 圓石 á 就親像 tú 做--ê 龍 á 銀 hit khuán，leh

kā in tshuā 路，番薯 kā 小妹 ê 手牽--leh tuè 圓石 á ê 方向 kiânn。In kiânn 規暝，一直到隔 tńg 工天 kng 才 kiânn 到厝。In tsáu 去 lòng 門，後母開門一下看 tio̍h 是番薯 kah 月桃，suî 講：「死 gín-á-póo！恁 tī 樹林內底睏 hiah 久，阮叫是恁 m̄ 知 thang tńg--來 ah！」老爸 suah 是歡喜 kah，因為 kā tsit 兩个 gín-á 放 tiàm 深山林內，伊真 bē 過心。

過無 guā 久，ta̍k 所在又 koh 開始有人 tio̍h-iau-gō ah，hit 暝兩个 gín-á koh 聽 tio̍h in 後母 kā in 老爸講：「厝內 ê 食物 lóng 食 beh 空 ah，咱 kan-na tshun 半塊 pháng，食了就無半項 ah！Hit 兩个 gín-á 一定 ài hōo tsáu，咱 ài kā in tshuā 去 koh khah 深 ê 山林內底，nā 無，咱只有等 leh hōo iau--死 niā。」

查埔人聽了心肝 tsiok 艱苦，伊 leh 想：「你 tsit 个後母 nā ē-sái tsham gín-á tâng-tsê 分享上尾 á 一 tshuì pháng，m̄ 知 beh guā 好--leh？」Hit 个查某人根本無 leh 聽伊講 siánn，kan-na 一直 tsiok 歹 tshuì kā lé kah 感覺見笑。頂 pái 查埔人 bat 同意查某人 kā gín-á hiat-ka̍k，tsit-pái mā 只 ē-tàng tìm 頭同意 ah。

其實 gín-á 醒醒 iáu-buē 睏，老爸 kah 後母講 ê 話 in 聽 kah 清清楚楚。等序大人去睏了後，番薯 peh 起身 beh koh 像頂回仝款去外口 khioh 圓石 á，m̄-koh 後母 kā 門窗 lóng 鎖--起來，伊 tsuán bē-tàng 出去。番薯安慰小妹講：「M̄-thang 哭，咱睏 hōo 飽眠，天公伯 á 會 kā 咱 tàu-sann-kāng--ê。」

透早後母就來 kā in 叫醒。Gín-á the̍h tio̍h 一塊比頂 pái koh khah sè 塊 ê pháng。Tī beh 去樹林 ê 路--裡，番薯用手 tī lak-tē-á 內底 kā hit 塊 pháng liàm 做一塊 á 一塊 á，koh tiānn-tiānn tī 路--裡 khiā leh kā pháng-iù-á iā 落去 thôo-kha。「番薯你是 khok-khok 看 leh 看 siánn-mih？」In 老爸 kā 問：「好好 á kiânn 路啦！」「我 leh 看粉鳥 á 啦，伊 hioh tī 厝角頭 leh kah 我 sio-sî 喔！」番薯 ìn。後母講：「Gōng 阿西，he m̄ 是粉鳥 á，he 是煙筒管反射透早 ê 日頭光！」總--是，番薯沿路 lóng leh iā pháng-iù-á。

後母 kā gín-á tshuā 去到 in 透世人 m̄-bat 去過 ê 內山斗底。In 仝款 tiàm hia 起一 pha tsiok 大 pha ê 火，後母講:「恁兩个 tī tsia 坐就好，nā thiám--ah 就 sió 睏--一下。阮去樹林內 tshò 柴，beh 暗 á，阮 khang-khuè 做完，會來接恁 tńg--去。」到中 tàu ê 時，月桃 kā 伊 ê pháng pun hōo 番薯食，因為番薯 hit 塊已經 tī 路--裡 iā 了 ah。無 guā 久 in 就睏--去。

到 beh 暗 á，suah 猶無人來接 tsit 兩个可憐 ê gín-á。到暗時 sì-kè 暗 so-so in 才 tsing-sîn，番薯安慰小妹講:「咱耐心 á 等，等月娘出--來，咱就 ē-tàng 看 tio̍h 我沿路 iā ê pháng-iù-á，in 會指引咱 tńg 去厝 ê 路。」

等到月娘出--來，in beh 開始 tshuē 路 ê 時，suah tshuē 無 pháng-iù-á，原來樹林內 kah 草埔 á 頂 hit 幾 nā 千隻飛來飛去 ê 鳥 á，早就 kā pháng-iù-á 食 kah tshing-khì-liu-liu ah。番薯 kā 月桃講:「咱 tik-khak tshuē 會 tio̍h 路--ê。」M̄-koh 無論 in án-tsuánn tshuē to tshuē 無路。In kiânn 規暝，翻 tńg 工 koh uì 透早 kiânn 到天暗，iáu 是 kiânn bē 出樹林，而且腹肚已經 iau kah beh 變 póo ah，因為 in 除了 thôo-kha

發出來 ê 刺波 thang 止 ki，根本無別 mih thang 食。In 已經 thiám kah 雙 kha bē tsih 力，規身軀軟 siô-siô，只好 tó tiàm 樹 á-kha 睏--去。

Kin-á-jit 是 in hőng pàng-sak ê 第三工。In koh 繼續 kiânn，m̄-koh suah 愈 kiânn 愈入去樹林內底，nā 無 kín 有人來援助，in tiānn-tio̍h ē iau--死。到 kah 中 tàu，in 看 tio̍h 一隻羽毛白 siak-siak tsiok 婧款 ê 鳥 á hioh tī 樹 ue，鳥 á 唱歌 tsiok 好聽，in tsuấn khiā tiàm hia tiām-tiām-á 聽。

鳥 á sit-kóo phia̍t--leh 飛來 in 面頭前，in 兄妹 á 就 kin tī 鳥 á ê 後壁 kiânn，來到一間 sè 間厝，鳥 á 停落來 hioh tī 厝頂，tng in uá 近看一下真，tsit 間厝是用 pháng 起--ê-neh，厝蓋是雞 nn̄g 糕；ah-nā 窗 á 是白糖做--ê。

「咱來食--kuá ！」番薯講：「咱好好 á 來 kā 食-- 一 tǹg。我 beh uì 厝頂先食，月桃你 ē-sái 食窗 á，he 食--起來甜 but-but 喔！」番薯手 gia̍h kuân tuì 厝頂挖一塊來食，試看是 siánn 滋味，月桃 khiā tī 窗 á 邊輕輕 á 咬一 tshuì。Tsit 个時陣 sè 間厝內底傳出軟軟--ā、溫柔溫柔 ê 聲音：

「咬，咬，咬，siánn-mih 人 kā 厝拆 leh 食？」

Gín-á ìn 講：「是風，是風，是天頂 ê gín-á 公。」

一 tshuì suà 一 tshuì，食 kah 無天無地。番薯感覺厝頂實在有夠好食，就 pak 一塊大大塊來 pōo，月桃 mā khà 一塊圓窗 á 落--來，坐 tī 邊--á 食 kah tng kuè-giàn ê 時，ná ē tsai-iánn 門 hiông-hiông 開--開，一个 thuh 枴 á ê 老查某人 kiânn--出來。兄妹 á 險險 á 驚--死，in 手--裡 ê 物件 suî phiann--leh。

Hit 个老 khok-khok ê 查某人一粒頭 ná hàinn ná 講：「Aih，古錐 gín-á，是 siánn-mih 人 kā 恁 tshuā 來 tsia？入--來啦，來 kah 我做伴啦，恁 m̄免驚，bē 有代誌啦！」伊 kā gín-á ê 手牽--leh tshuā in 入去 hit 間 sè 間厝。牛奶、lâm 糖膏 ê 雞 nn̄g 糕、蘋果 kah 殼 á 仁，tshuân kah ta̍k 項有。Suà--落來，兩頂白色 koh 婧噹噹 ê 眠床 mā phoo 好 ah，番薯 kah 月桃 tó tiàm 頂 kuân 心內想講：「Tsia kám 是天堂--hannh？」

In kan-na tsai-iánn tsit 个老查某人對 in 兄妹 á tsiok 好禮，suah 想 bē 到伊是一个老妖婆，伊 tú-tsiah 用 pháng kā tsit 間厝起好，thang beh siânn gín-á 來。Nā-sī hōo 伊 ê 法力控制 tiâu--leh，伊就會 kā thâi--死，然後 kā 伊煮來食。老妖婆有紅色 ê 目睭，koh 看 bē 遠，m̄-koh 伊 ê 鼻 á kah 動物仝款，是好鼻 sai，piān-nā 有 lâng-hiàn 就 suî 鼻會 tio̍h。Tng 番薯 kah 月桃 kiânn uá 來 tsit khoo-uî-á ê 時，伊 ê tshuì-kak 就翹--leh 翹--leh koh 起奸臣 á 笑講：「Heh！Heh！Heh！恁是我--ê，恁免 siàu 想 beh suan 囉！」

隔工透早，tī gín-á tsing-sîn 進前，伊就醒--來，看 tio̍h in 兩个 ê 古錐 khuán，tshuì-phué 紅 kì-kì，老

妖婆心內想講：「Iáu-siū-á 好食款--neh。」Suà--落來老妖婆就用伊 hit 肢 ta-pôo ê 手 kā 番薯 lia̍h--起來，koh kā 伊關入去一間 sè ka 間 á ê 馬 tiâu，用鐵門 kā 鎖 tī 內底。番薯 hē 性命 ai，m̄-koh 一點 á ìng-hāu to 無。

老妖婆 koh kiânn 向月桃，kā 伊 hiàm 醒 koh 大聲 hiu：「你 tsit 个 lán-si ê 查某 gín-á-inn，好 thang 起來 ah！ Kín 去 kuānn 水 thang 煮 kuá-á 好料--ê hōo 恁阿兄食，伊人 tī 馬 tiâu，ài kā king hōo koh khah 大 khoo--leh。伊 nā 食肥肥，我就 beh kā 食掉囉。」小妹心肝艱苦 kah 直直哭，m̄-koh 無 khah-tsua̍h，伊 kan-na ē-tàng 照 hit 个老妖婆 ê 話去做。

Tann tsit 陣可憐 ê 阿兄番薯有好料--ê thang 食，小妹月桃 suah kan-na tshun 蟳 á 殼 thang bóng tshńg niā-niā。Ta̍k 透早老妖婆 lóng 偷偷 á 去 sè 間馬 tiâu 講：「番薯，kā 你 ê 手指頭 á 伸出來 hōo 我看你有 khah 生肉--無？有變 khah 大 khoo--無？」番薯就 tu 一支 sè 支骨頭出去 hōo--伊，老妖婆目睭霧霧看 bē 明，想講 he 是番薯 ê 指頭 á，妖婆心內 lio̍h-á 掛疑，番薯 kài-sîng lóng 無變 koh khah tuā-khoo--neh。

四禮拜過去 ah，番薯 iû-guân 瘦 pi-pa，tsit-lō 情形 hōo 老妖婆失去耐性，伊無法度 koh 等 ah。老妖婆 kā 小妹叫來講：「你 kín 去 kuānn 水！不管番薯 tuā-khoo iah-sī 瘦 koh 薄 板， 我 bîn-á-tsài 就 beh kā thâi 來食。」

Aih，可憐 ê 小妹心肝疼 kah 像刀 leh 割，伊 ê 目屎 sì-lâm-suî，m̄-koh 伊仝款 tio̍h 乖乖 á 去 kuānn

水。「天公伯 á，kín 來救--阮啦！」伊 huah-hiu：「阮甘願 hōo 樹林內 ê 動物食，上無阮兄妹 á ē-sái 死做伙！」老妖婆講：「Kā 你 ê 目屎 khiām--起來 khah 有 iánn 啦，gín-á-inn ！天公伯 á bē tshap--恁啦！」

月桃隔 tńg 工透早 tio̍h-ài 出去用茶鈷 té 水兼起火。「咱先來烘 pháng。」老妖婆講：「我已經 kā 烘櫥用 hōo 燒，麵粉 mā nuá 好 ah。」講了，妖婆 suah 出手 kā 悲慘 ê 月桃 sak uá 去火 tng 炎 ê 烘櫥 hia。「Iáu m̄ kín nǹg 入去看 māi--leh ！」老妖婆講：「看有夠燒 ah--buē ？ Nā 有夠燒，咱就 ē-sái kā pháng khǹg 入去烘 ah。」

月桃 tsin tsai-iánn 伊 nā 聽 tshuì nǹg 入去烘櫥，老妖婆 tiānn-tio̍h 會 kā 烘櫥門關--起來，kā 月桃烘 kah 芳芳芳 thang that-tshuì-khang。Ka-tsài 月桃有智覺 tio̍h 老妖婆 ê 歹心 hīng，伊就 kā 妖婆講：「我 bē-hiáu tshòng--neh ？ Ő ！這是 beh án-tsuánn 入去內底--hannh ？」

老妖婆氣 kah kā ìn 講：「你白痴喔！你是無看門開 kah hiah 大 phāng--nih ！你看，我 to ē-sái nǹg--

入去！」老妖婆 ná 講 ná uá 近烘櫥，而且 koh kā 頭伸--入去。月桃 thàn tsit 个時陣大力 kā 妖婆 tshia--一下，老妖婆 tsuấn 規身人 siàng 入去烘櫥，月桃 suî kín 手

kā 烘櫥 ê 鐵門關--起來 koh tshuànn--起來。Huh ！老妖婆 ai kah 像 beh hōo 鬼拖--去leh，有夠恐怖！月桃三步做兩步 tsáu leh lōng。Ah tsit 个無 kā 天公伯--á khǹg 在眼內 ê 老妖婆 tik-khak ài hōo 火燒 kah 慘死。

月桃直直 tsáu 去阿兄 hia，kā 馬 tiâu ê 門開--開，huah 講：「番薯，咱得救 ah，老妖婆死 ah。」門一--下開，番薯 ná 鳥 á án-ne 跳--出來。In 兩个 ná 跳舞 ná se̍h 圓 khoo-á koh 攬 leh tsim，歡喜 koh 感動，因為 in 免 koh 驚惶 ah。

In tsáu 入去老妖婆 ê 厝，厝內底 ta̍k 所在 lóng 是珠寶 kah suān-tsio̍h，tsia 一 kha、hia 一箱，滿滿是。「Tsia--ê lóng 比圓石 á koh khah 讚--neh。」番薯 ná 講 ná kā 伊 beh ài--ê té 入去 lak-tē-á。月桃講：「我 mā beh tsah kuá 物件 tńg--來去。」伊就 kā 長 hâ-kûn tē kah tīnn-tīnn-tīnn。「M̄-koh 咱 tsit-má 一定 ài kín 來 tsáu khah 穩當。」番薯講：「Án-ne 咱才有法度離開 thit-ê 妖婆樹林。」

In 離開 hia koh kiânn 點外鐘 ê 路了後，來到一大片潭水 ê 頭前。「慘--ah ！這水咱無法度過啦！」

番薯講：「無看 tio̍h 路 mā 無看 tio̍h 橋，mā 無船 á--neh。」月桃 ìn 講：「E̋！遠遠 hia 有一隻白色 ê 鴨 á leh 泅水，我來 kā 問看--leh，kám ē-sái kā 咱 tàu-sann-kāng？」

伊就 huah 講：

「鴨 á 兄，鴨 á 兄，月桃 kah 番薯 khiā tī tsia，tsit-tah 無路 mā 無橋，拜託你 āinn--阮，m̄ 免驚。」

鴨 á siû 來 in 邊--á，阿兄代先 peh--khí-lí，mā 叫小妹 tâng-tsê 來。月桃 ìn 講：「M̄-thang，án-ne siunn 重啦，咱請伊一 pái 載一个過--去就好。」鴨 á 兄 tsiū-án-ne 一 pái 一个 kā in 渡到對岸，in 兄妹 á tsiânn 歡喜 koh kiânn 一段路，面頭前 ê 樹林 ná 來 ná sik-sāi，尾手，in 遠遠就看 tio̍h 老爸 ê 厝。In tsuán 用 tsáu--ê，直透衝入去厝內，老爸看 tio̍h in 兩个，感動 kah kā 兩兄妹 á 攬 ân-ân。

自從 kā tsit 兩个 gín-á pàng-sak tī 樹林內底，hit 个查埔人 tsiok 自責，ta̍k 日憂頭結面 m̄-bat 歡喜--過。Ah hit 个查某人已經過身 ah。月桃 kā 伊 ê hâ-kûn tshik-tshik--leh，珠寶 suān-tsio̍h lak kah 規厝間，

番薯 mā uì lak-tē-á me 規 me 珠寶 suān-tsio̍h iā tiàm thôo-kha。Tsit-má in 無憂無愁 ah，tsiū-án-ne 一家口 á 三个人就快快樂樂做伙生活囉！

故事就講到 tsia，恁 ta̍k-ke 看！Hia 有一隻鳥鼠 á tsáu 來 tsáu 去，nā lia̍h 會 tio̍h，無 tiānn ē-sái kā ka-tī 做一頂大皮帽喔！

3
塗炭 á

有一个好額人 ê 某，病 kah 真嚴重，tng 伊智覺 tio̍h ka-tī 已經 tshun 無 guā-tsē 時間 ah，就 kā 伊唯一 ê 查某 kiánn 叫來眠床邊，講：「我 ê 乖 kiánn，你一定 ài 堅定信仰，mā-ài 保持一粒善良 ê 心，天公伯--á 會永遠保庇--你，阿母 tī 天頂 mā 會 tuè tiàm 你身軀邊看顧--你。」講 suah，伊目睭一下 kheh，就去 ah。

Tsit 个查某 gín-á ta̍k 工 to tsáu 去 in 阿母 ê 墓前哭。伊信仰堅定，mā 保持善良。到 kah 寒--人，雪就親像一條白色 ê 手巾 á kā 老母 ê 墓 khàm--leh，隔 tńg 年春天，日頭 kā tsit 條手巾 á khiú--落來，tsiū-án-ne 一寒一熱，in 老爸就 koh 娶一个某 ah。

娶--入來 ê hit 个查某人 tshuā 兩个看 tio̍h 媠媠、心內 lóng 鬼 ê 查某 kiánn 入門。原底 tsit 个已經無老母疼 ê 查某 gín-á，mā 開始過 hōo 人苦毒 ê 日子。

「Tsit khoo gōng 面--ê ná ē-sái hōo 伊 kah 咱 tuà kâng 房？」In án-ne 講，「Beh 食 pháng，suah bē-

hiáu ka-tī thàn 錢去買喔！出--去，你去灶 kha hām hia-ê 下 kha 手人 tàu-tīn ！」

講 suah，就 ngē kā 伊身軀頂 ê 媠衫剝--落來，koh tàn hōo 伊一 niá àu-phú-àu-phú ê 工 á 衫 kah 一雙柴鞋。In 大聲 kā 恥笑：「恁 ta̍k-ke 看 māi--leh，咱 ê 小公主穿 án-ne 有夠媠--ê 啦！」

Suà--落去 kā 放 tiàm 灶 kha 做 in tsáu。Koh 來 ê 每一工，tsit 个查某 gín-á sit 頭 uì 透早做到暗，天

phah-phú-kng 就 ài 起 床，kuānn 水、hiânn 火、 煮食、洗 tñg。M̄-nā án-ne，hit 對姊妹 á 用盡心機 kā tshòng-tī， 想 khang 想 phāng kā tih，koh khah khok-hîng--ê 是，in tiau-kang kā bín 豆 kah 白肉豆 lok 入去火 hu 堆，叫伊 ài 一粒 á 一粒 kā 揀--出來。Beh 暗 á，伊已經 thiám kah 目睭皮 kiông-beh kheh--去，suah 無眠床 thang the，kan-na ē-tàng tó tī 火爐邊 ê 火 hu 堆 hia 歇睏。因為伊 sù-siông 規身軀全火 hu，看起來 lah-sap lah-sap，in 就叫伊「塗炭 á」。

有一 pái 老爸 tú 好 beh 去市 á，伊問 hit 兩个 tuè 後某入門 ê 查某 kiánn：「阿爸 beh 出門，恁 kám 有 beh ài siánn？」一个 suî 講：「我 beh ài 婧衫！」另外一个 mā 搶 leh 講：「我 beh ài phuah-liān kah 珠寶！」Suà--落來老爸問：「塗炭 á，你--leh？你 beh ài siánn？」塗炭 á 講：「阿爸，你 m̄免特別買 siánn hōo--我，m̄-koh，請 tī 你 beh tńg 來厝 ê 路--裡，kā kòng-tioh 你帽 á ê hit 枝樹 ue at tńg 來 hōo 我就好。」

Tsiū-án-ne，老爸去市 á 買婧衫、phuah-liān kah 珠寶，tī beh tńg--去 ê 路--裡，tng 伊騎馬經過青翠 ê 矮樹 tsâng，帽 á 去 hōo 一 tsâng 榛 á 樹 ue khê--

tio̍h lak--落來。老爸就 kā at--落來。到厝了後，媠衫、phua̍h-liān kah 珠寶 the̍h hōo 後某 ê hit 兩个查某kiánn，mā kā 榛 á 樹 ue the̍h hōo 塗炭 á。

塗炭 á kā 阿爸 sueh 多謝，了後去 in 阿母 ê 墓地 hia，ná kā 榛 á 樹 ue 栽落塗 ná háu，伊 háu kah 目屎 sì-lâm-suî，目屎一滴一滴 tin 落去 thôo-kha，tú 好去滴 tio̍h 榛 á 樹 ue。榛 á 樹 ue 像 ak tio̍h 水--leh，suî puh-ínn koh liòng 大 tsâng，一時 á 就 tsiânn 做一 tsâng tsiok 媠 ê 樹 á 矣。塗炭 á ta̍k 工照三 tǹg 去樹 á-kha hia，piān-nā 去到 hia 就 ná 流目屎 ná 合掌祈禱，

siāng 時 lóng 有一隻白色 ê 鳥 á 飛來樹 á 頂，塗炭 á nā 講 tio̍h 心內想 beh ti̍h siánn ？白鳥 á 就會 tsah 來 hōo--伊。

Hit 時，國王 tú 好 beh 辦一場 liân-suà 三工 ê 慶典，所有 ê 姑娘 á lóng 有受邀請，因為 iân-tâu ê 王子 beh tī tsit 場慶典，tshuē 一个 kah 伊 sù-phuè ê 新娘。Hit 兩个後某 ê 查某 kiánn 聽 tio̍h in mā ē-tàng 去，歡喜 kah 跳--起來，koh kā 塗炭 á 叫來講：「Kín ！來 kā guán lua̍h 頭 tsang，tshit 鞋 á，我皮帶 ê khian-á līng--去 ah，來 kā 我 hâ hōo ân，我 beh 趕來去國王 ê 皇宮參加王子揀王子妃 ê 慶典。」

塗炭 á 乖乖 á 聽話，m̄-koh 伊 ê 目屎一直 lìn--落來，因為伊 mā 想 beh 去參加舞會，伊拜託後母答應 hōo 伊去。後母 kā 講：「塗炭 á，你規身軀 lóng 全火 hun-hu，ia̍h 敢 siàu 想 beh 去王子 ê 婚禮場喔？Koh 再講，你無衫 mā 無鞋，beh án-tsuánn 落舞池跳舞？」

塗炭 á 直直 kā 懇求，尾手後母就講：「無 án-ne 啦！我 kā 一碗豆 á piànn 落去火 hu 堆，你 nā

有法度 tī 兩點鐘內一粒 á 一粒 kā 揀--出來，我就 hōo 你去。」

塗炭 á 聽了 suî tsông 過後尾門 uì 花園去，大聲 huah：「Ueh ！溫柔 ê 粉鳥！ Ueh ！斑 kah ！有聽 tio̍h 我請求 ê 鳥 á 啊，請恁來 kā 我 tàu 揀豆 á ！好豆 á 啄來 phiat-á--裡，bái 豆 á 做恁食--落去。」

一下 á，兩隻白色 ê 粉鳥 uì 灶 kha hit 扇窗 á 門飛--入來，後壁 tuè--ê 是斑 kah，尾--á，tī 天頂飛 ê 鳥 á lóng ki-ki-kā-kā 飛入來 hioh tiàm 火 hu 邊。粉鳥 á 先 tìm 頭開始啄，啄，啄，其他 ê 鳥 á mā tuè leh 啄，啄，啄，nā 啄 tio̍h 好 ê 豆 á 就 khǹg tiàm phiat-á--裡。To 無半點鐘--leh，鳥 á 就 kā 豆 á 揀 kah 好勢 liu-liu，mā 食 kah 飽 tin-tong，suî 隻 á suî 隻飛了了囉。塗炭 á kín kā phiat-á phâng 去 hōo 後母看，心內歡喜 kah，想講 án-ne 伊就 ē-sái 做伙去參加王子 ê 婚禮 ah。

Thài tsai-iánn 後母 suah 講：「你豆 á khioh 了 mā 無 khah-tsua̍h 啦，你 iā 無 tsiânn-iūnn ê 衫 thang 穿，koh khah 免講 ē-hiáu 跳舞；你 bē-sái tuè 阮去，nā tshuā 你 tâng-tsê 去，阮會 tsiok 見笑--neh！」講 suah，伊頭 mái--leh，牽伊 hit 兩个嬌頭 ê 查某 kiánn 出門--去。

Tsit-má 規厝間空 lo-so 無半个人 ah，塗炭 á 無放棄，伊 tsáu 去 in 老母墓前 hit tsâng 榛 á 樹 kha huah：「樹 á 樹 á 搖 tín 動，金衫銀鞋 tàu-sann-kāng，kā 阮 tsng hōo 媠噹噹！」

才 tú 唸 suah，鳥 á 就 uì 樹 á 頂 tàn 落來一 niá 用金鍊銀珠 thīnn kah 媠噹噹 ê 衫，koh lak 落來一雙絲綢銀框 ê 鞋 á，幼秀 koh 高雅。塗炭 á bē 顧 tit 想，就 suî kín 手 kā 媠衫新鞋穿--leh，一直 tsáu 去到王子 ê 宴會場 hia。Hit 對姊妹 á kah 伊 ê 後母根本 bē

認 tit 伊，想講 tsit 个穿金色禮服 ê 媠姑娘 tiānn-tio̍h 是 tó 一國 ê 公主？In án-tsuánn 想 mā bē 去想 tio̍h 是 hit 个 khû tī 火 hu 堆 leh 揀豆 á ê 塗炭 á。

王子來到塗炭 á ê 面頭前，kā 伊 ê 手牽--起來 tâng-tsê 跳舞，伊無愛 koh kah 別人跳舞，án-ne 伊就 m̄免放開塗炭 á ê 手，準講有別个小姐 uá 來招王子做伊 ê 舞伴，伊就 ìn 人：「Tsit 位就是我 ê 跳舞伴。」

In 兩人跳--leh 跳--leh，跳 kah 暗頭 á，塗炭 á tsai-iánn 暗 ah，伊 ài kín tńg 去厝才 ē-sái。王子就講：「我陪伴你做伙 kiânn。」因為王子想 beh tsai-iánn tsit 个媠姑娘是 siáng ê 查某 kiánn。塗炭 á 到半路 tshuē 機會 beh 溜 suan，thàn 王子無注意，塗炭 á 出力跳 khí-lí 一間粉鳥 á 厝內底。王子 khiā tī hia kho̍k-kho̍k 等，等到塗炭 á ê 老爸 kiânn uì tsia 來，王子 kā 伊講，hit 个姑娘 á 跳入去粉鳥 á 厝，就無 koh 出--來 ah，tsiok 奇怪--ê。老爸心內想：「Kám 會是塗炭 á？」伊就 hiàm 人 kín 去 tshuân 斧頭 kah 鋤頭，thang beh kā 粉鳥 á 厝 hám hōo 破，結果內底 suah 無人。王子就 tuè 塗炭 á in 阿爸 tńg 去厝，看 tio̍h 塗炭 á 身穿伊 hit su thái-ko 衫 un tī 火 hu 堆，邊--á koh 有

一 pha 油燈 tī 煙筒管 hia sih--leh sih--leh。Tang 時 á 是塗炭 á 用上 kín ê 速度 uì 粉鳥 á 厝跳--落來，tsáu ká-ná 飛--leh phiann 到榛 á 樹 kha，kín kā 婧衫新鞋 thǹg 落來 hē tiàm 墓頭，鳥 á suî 咬--去，塗炭 á kín kā 原底 àu-phú-àu-phú ê 做工 á 衫穿好勢，tsông tńg 去灶 kha ê 火 hu 堆 hia 坐。

隔 tńg 工，慶典 suà 落去舉行，tng 當厝內 ê 大人 kah hit 對姊妹 á lóng tsáu 了後，塗炭 á koh tsáu 去榛 á 樹 hia，huah 講：

「樹 á 樹 á 搖 tín 動，金衫銀鞋 tàu-sann-kāng，kā 阮 tsng hōo 婧噹噹！」

鳥 á suî koh 飛--來，tàn hōo 伊 一 niá 比 tsa̋ng koh khah 婧 ê 衫。Tng 塗炭 á 穿 tsit niá 婧衫 tī 宴會出現 ê 時，ta̍k-ke lóng hōo 伊 ê 婧驚--tio̍h。王子早就 tī hia 等 ah，塗炭 á 一下到位，王子 suî uá 去牽伊 ê 手，kah 伊跳舞，無 ài koh 換舞伴，若有人來招王子跳舞，伊就 ìn：「Tsit 个姑娘就是我 ê 跳舞伴。」

到暗--來，塗炭 á koh 趕 beh tńg 去厝，王子 jiok tī 伊尾後 beh 看 in tau tī tó-uī？M̄-koh 塗炭 á

tsáu tsiok hiông，跳入去厝後 ê 花園內。花園有一 tsâng tsiok 媠 tsiok 大 tsâng ê 樹 á，樹頂 ta̍k 粒梨 á 媠 koh 飽水，塗炭 á bē 輸膨鼠--leh，mé-kha mé 手 uì tsit 枝樹 ue peh 到 hit 枝樹 ue，一下 á，王子就 tshuē 無塗炭 á ah。

王子 tī hia niau-niau 等 kho̍k-kho̍k-tshuē，尾--á 塗炭 á in 老爸來，王子講：「Hit 个奇怪 ê 姑娘 á uì 我身軀邊 tsáu--出去，我感覺伊應該是跳 khí-lí 梨 á 樹頂 ah。」

老爸聽--tio̍h 心內 leh 想：「Kám 會是塗炭 á？」伊就 hiàm 人 tshuân 斧頭來，kā 梨 á 樹 tshò hōo 倒，m̄-koh 無看 tio̍h 半个人影。Suà--落來老爸 kah 王子 tâng-tsê 來厝--裡，kiânn 去灶跤hia，看 tio̍h 塗炭 á 像平常時 án-ne the tī 火 hu 堆。無人想 ē 到塗炭 á 早就 uì 樹 á ê 另外 hit 頭跳 tsáu，kā 媠衫還 hōo 榛 á 樹 hia ê 鳥 á，koh suî kā 伊 àu-phú-phú ê 做工 á 衫穿好 ah。

第三工，tng 當厝內 ê 大人 kah hit 對姊妹 á 離開了後，塗炭 á 仝款 koh tsáu 來 in 阿母 ê 墓hia，tuì hit tsâng 樹 á huah：「樹 á 樹 á 搖 tín 動，金衫銀鞋 tàu-sann-kāng，kā 阮 tsng hōo 媠噹噹！」

Tsit pái 鳥 á tàn hōo 伊 ê 衫實在是 lè-táu kah 世間無人有，就連鞋 á mā lóng 金--ê。Tng 塗炭 á 穿 tsit su 衫去到慶典場，所有 ê 人看--tio̍h lóng tshuì-á 開 hann-hann，ū-iánn 是媠 kah 無比止。王子 kan-na 肯 kah 塗炭 á 跳舞，nā 有人來招伊跳舞，伊就 ìn：「伊就是我 ê 跳舞伴。」

Iū-koh 暗 ah，塗炭 á 想 beh 離開，王子想 beh

kah 伊做伙，m̄-koh 塗炭 á 閃 tsiok kín--ê，hōo 王子 jiok-bē-tio̍h。Siáng 知王子 tsit-pái 早就想好一个計智 ah，伊 kā tá-má-ka tò kah 規樓梯；tsiū-án-ne，tng 塗炭 á 趕 kín beh tsáu ê 時，tò-kha ê 鞋 á hōo 黏 tī hia。王子 kā 鞋 á khioh--起來，he 是一 kha 細支、幼骨 koh 金 sih-sih ê 鞋 á。

隔工，王子 the̍h tsit kha 鞋 á 去到塗炭 á in tau kā in 老爸講：「除了有法度 kā tsit kha 鞋 á 穿--落去 ê 姑娘以外，無人 ē-sái 做我 ê 新娘。」Hit 兩个姊妹 á 真歡喜，因為 in ê kha 婧 liam-liam。大漢查某 kiánn kā hit kha 鞋 á kuānn--leh 入去房間試穿，in 老母 khiā tī 邊--á。結果--leh，鞋 á siunn sè-kha，大頭拇 tsinn bē--入去，in 老母就 gia̍h 一支刀 á hōo--伊，講：「Kā 大頭拇剁--落來，橫直你做皇后了後就無需要 koh 用 kha kiânn 路 ah。」In 查某 kiánn 就真正 kā 大頭拇剁掉，ngē kā 跤 tsinn 入去鞋 á--裡，tshuì 齒根咬 ân ngē lún-leh-thiànn，kiânn 去到王子hia。王子 kā 當做新娘 á án-ne 牽去馬 á 頂出發 beh tńg--去。In 路--裡 ài 經過墓地，坐 tī 榛 á 樹頂 hit 兩隻粉鳥 á 大聲 huah：

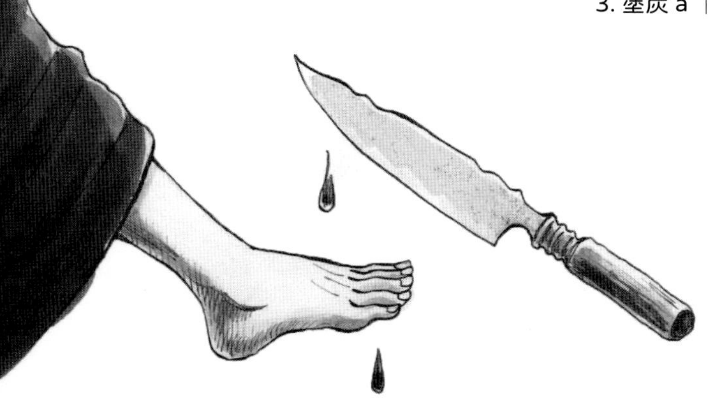

「僥倖喔，你看，僥倖喔，你看，鞋 á 血跡 tòo koh thuànn。Siunn sè-kha 啦，hit kha 鞋，新娘 iáu tī 厝內坐。」

王子看大漢查某 kiánn ê kha，血水 uì 鞋 á tòo--出來。伊 suî kā 馬索 tau--leh sėh 翻頭，kā bú-m̄-tio̍h--去 ê 新娘 tshuā tò-tńg 去 in tau，講：「Tsit 个 m̄-tio̍h 啦，叫伊 ê 姊妹 á 來試穿鞋 á ！」

Hit 个 sè 漢查某 kiánn mā kuānn 鞋 á 去房間穿，伊 tsiânn 好運，kha tsinn long ē 入去鞋 á 內底，m̄-koh kha-āu-tenn suah king bē--入去。In 老母就 tu 一支刀 á hōo--伊，講：「Kā kha-āu-tenn 削一塊落--來，橫直你做皇后了後就無需要 koh 用 kha kiânn 路 ah。」伊 ū-iánn kā 削--落來，ngē kā kha-pôo tsinn 入去鞋 á--裡，tshuì 齒根咬--leh ngē lún，kiânn 去王子

hia。王子當然 kā 當做新娘 á án-ne 牽去馬 á 頂出發。經過墓地 ê 時，hit 兩隻粉鳥 á koh 大聲 huah：

「僥倖喔，你看，僥倖喔，你看，鞋 á 血跡 tòo koh thuànn。Siunn sè-kha 啦，hit kha 鞋，新娘 iáu tī 厝內坐。」

王子頭 ànn--落去，看 sè 漢查某 kiánn ê kha，看 tio̍h he 血 thài uì 鞋 á tòo--出來，thuànn kah 規雙長管襪 á 紅 kì-kì。王子馬索 tsuāinn--leh koh se̍h 翻頭，kā bú-m̄-tio̍h--去 ê 新娘 tshuā tńg 去 in 厝。「Tsit 个 mā m̄是啦 !」王子講：「恁 kám 無別个查某 kiánn ？」

「無--neh ！」查埔人講：「M̄-koh 阮前某有留一个生做 sè 粒 tsí koh gōng-tuh-tuh ê 塗炭 á，hit 个無可能是你 beh ài ê 新娘啦！」

王子講：「上好 mā kā 叫--來。」後母就 ìn：「上好 mài，伊 siunn thái-ko ah，bē 看口--tit 啦！」但是王子堅持一定 ài kā 塗炭 á 叫--來。塗炭 á 先 kā 手面洗 tshing-khì，kiânn uá 去王子 hia kā 伊 kiânn 禮，王子就 kā 金鞋 kuānn hōo--伊。塗炭 á 坐 tiàm 椅頭 á，先 kā 伊原底穿 ê hit 雙 tāng-khuâinn-khuâinn ê 柴鞋

á pian--落來，然後才 kā kha long 入去 hit 雙 ná 像手 lok-á ê 金鞋。

塗炭 á 鞋 á 穿好，頭 gia̍h--起來 ê 時，王子看 tio̍h 伊 ê 面，hiông-hiông 認出伊就是 hit 時 kah 伊跳舞 ê 婧姑娘 á，王子 suî 大聲 huah：「伊就是真正 ê 新娘！」Hit 个後母 kah hit 兩个姊妹 á 心內 tshi̍k 一 tiô tsiok 大 tiô，koh gi̍k kah 面色白死殺。M̄-koh 王子已經 kā 塗炭 á 牽--leh，peh-tsiūnn 馬 á ê kha-tsiah-phiann tsáu ah。

In 經過榛 á 樹 ê 時，hit 兩隻白色粉鳥就一直叫：

「你看，你看，鞋 á 無血跡。金鞋 tsiok ha̍h kha，正牌 ê 新娘娶回家（huê-ka）。」

粉鳥 á ná 叫 ná 飛落來 hioh tī 塗炭 á ê 肩胛頭，一隻 tī tò-pîng，一隻 tī tsiànn-pîng，hioh kah 好勢 á 好勢。

Tng 王子 kah 塗炭 á 準備 beh 舉行婚禮 ê 時，hit 對歹心毒 hīng ê 姊妹 á 就來牽親引戚 kā phôo-phôo-thánn-thánn，想 beh 看有 siánn-mih 好 khang--ê 無？

新郎新娘來到教堂 ê 時，hit 對姊妹 á 大漢--ê kiânn tsiànn 手 pîng，sè 漢--ê kiânn tò 手 pîng，siáng 知粉鳥 á suah 飛--來，kā in 兩个一人啄一蕊目睭--出來。了後，tng in uì 教堂出來 ê 時，大漢--ê kiânn tī tò 手 pîng，sè 漢--ê kiânn tī tsiànn 手 pîng，粉鳥 á koh 飛--來，kā in 另外 hit 蕊目睭啄--出來。

Aih ！ In 兩姊妹 á 因為心肝惡毒來 kha 步踏差，後半世人 tio̍h-ài tshenn-mê 過日囉！

4
田蛤á王子

Tī 古早 hit 个 nā 有願望就有可能實現 ê 時代，有一个國王，伊 ta̍k 个查某 kiánn lóng tsiok 媠--ê，尤其 hit 个上 sè 漢--ê，koh khah 是媠 kah 連見過無限 tsē 世面 ê 日頭，kiàn-pái nā tshiō tio̍h 伊 ê 面，就 tshuì-á 開開 gāng tī hia，kan-na tī 心內 huah：「有夠媠！」

國王 ê 宮城邊有一片真大片 ê 烏樹林。樹林內有一 tsâng 老菩提樹，樹 á kha 有一口古井。天氣 nā siunn 熱，國王 ê sè 漢查某 kiánn 就會來樹林--裡，坐 tiàm 古井邊清涼 ê thôo-kha-tau，伊 nā 坐 siunn 久感覺無聊無聊，會 the̍h 伊上佮意 ê hit 粒金球，khian hōo kuân-kuân 才 koh kā 接--leh。Khian--leh 接--leh khian--leh 接--leh án-ne tshit-thô。

有一 pái，小公主手 gia̍h kuân-kuân beh 接球 ê 時 suah sîn 無 tio̍h。金球 uì 伊 ê 手邊 huê--過，kho̍k tio̍h thôo-kha，直直 lìn 對水--裡去。小公主目睭金金，看金球直直沉--落去，沉 kah 無看見影。

哎呀！ Hit 口古井實在太深--leh，無人看會 tio̍h 底。小公主開始 háu，ná háu ná 大聲，tng 伊 háu kah tò-tsheh-khuì ê 時，邊 á 有人 leh kā 講：「國王 ê 小公主啊，m̄-kam 喔！你 án-ne 直直 háu，是 beh háu kah 連石頭 mā tuè leh 心碎--nih？」小公主 sì-kè 看聲音是 uì tó-uī 來，才看 tio̍h 有一隻田蛤 á kā 伊 hit 粒 iū-koh 肥 iū-koh bái ê 田蛤 á 頭 thóng 出來 tī 水面。

小公主講：「Hooh，原來是你 tsit 个 phah-pōng-siû--ê 喔！我是為 tio̍h 我 hit 粒 lak 落去古井 ê 金球 leh háu 啦！」

田蛤 á kā in：「你 ài 冷靜，m̄-thang háu，huān-sè 我 ē-sái kā 你 tàu-sann-kāng，m̄-koh 咱先講明--ê 喔！我 nā kā 你 ê tshit-thô-mih-á tshuē--tńg 來，你 àn-sǹg beh án-tsuánn 報答--我？」

小公主講：「古錐 ê 田蛤 á 兄，你 beh ti̍h siánn-mih--leh？看是 beh ài 我 ê 媠衫，我 ê 真珠 kah 寶石，ia̍h-sī 我頭殼頂戴 ê tsit 頂金冠，lóng ē-sái hōo--你。」

田蛤 á in 講：「你 ê 媠衫，你 ê 真珠 kah 寶石，koh 有你 ê 金冠，我 lóng 無 ài ti̍h，m̄-koh，我 beh

ài 你真心佮意--我。你 nā 是真心佮意我，我就該當 tiàm 你身軀邊，做你 ê tshit-thô 伴，kah 你 tâng-tsê 坐 tiàm 桌 á 邊，用你 ê 金 phiat-á té 物件食，kōo 你 ê au-á lim 水，mā thìng-hó tó tī 你 hit 頂 sè 頂眠床睏。你 nā 答應我講--ê，我一定 suî tshàng-tsuí-bī 落去古井底 kā 你 ê 寶貝金球 tshuē--tńg 來。」

小公主講：「Mh，án-ne tsiok 好--ê，只要你 kā 我 ê 金球 tshuē--tńg 來，tú-tsiah 你講 beh ài--ê，我 lóng ín--你！」

小公主雖然 án-ne 講，其實頭殼內 suah 是想：「Tsit 隻田蛤 á m̄ 知 leh 烏白講 siánn，ū-iánn 是 gōng kah bē pê-tsiūnn--neh ！ Kám m̄ 知伊 kan-na ē-sái kah hia-ê 田蛤 á 伴，tiàm 水面 kua ！ kua ！ kua ！做伙叫 niā-niā，beh ná 有可能 kah 人親像好朋友生活 tàu-tīn--leh ？」

田蛤 á 聽 tio̍h 小公主答應伊 ê 要求，suî tshàng-bī 入去水--裡，沉落去水底。無 guā 久，tshuì 就咬一粒金球 siû--tńg 來，伊 kā 金球 khian-khí-lí 草埔。小公主看 tio̍h 心愛 ê tshit-thô-mih-á koh-tsài tshuē tò-tńg--來，歡喜 kah ná 跳 ná huah-hiu。伊 kā 金球 khioh--起來，ná tsáu ná 跳，tńg 去城堡。

「等--leh 啦！」田蛤 á 大聲 huah：「你 ài tshuā 我做伙 tńg--去啊！我無 thang 像你 tsáu tsiah kín！」田蛤 á 用伊上大 ê 氣力 piànn-sì huah，m̄-koh thài 有 siánn 路用？小公主 tsông tsiok kín--ê，一下 á 就到厝 ah，而且 mā 真 kín 就 kā hit 隻可憐 ê 田蛤 á 放 bē 記 ah！無 tâ-uâ，田蛤 á 只好跳 tńg 去伊 ê 古井內底。

隔 tńg 工，小公主、國王 kah 厝內 ê 使用人坐 tī 桌 á 邊，tng beh 用 in ê 金 phiat-á 食物件 ê 時，ná 像聽 tio̍h 水滴落 thôo-kha phih！pha̍k！phih！

phia̍k！Uì 門口 ê 大理石梯 hia 傳--來。親像是 peh 樓梯 ê 聲，peh 到上 kuân-khám，kho̍k！kho̍k！有人 lòng 門，koh 聽 tio̍h 低低 ê 聲音叫講：

「國王 ê 查某 kiánn 啊，上 sè 漢--ê hit 个，kā 我開門啦！」小公主聽--tio̍h 就 tsáu 去開門 beh 看是 siánn-mih 人 tī hia？Ná ē 知，門一下開，一隻田蛤 á 坐 tī 伊面頭前。小公主趕 kín kā 門關--起來，tsáu tńg 去伊 ê 位坐，心內驚 kah beh 死。

國王看伊心肝 phi̍h-pho̍k-tsháinn，就問伊：「Gōng gín-á，你 leh 驚 siánn，門 kha 口是有妖怪 beh lia̍h--你 hioh？」

「M̄-sī 啦！」小公主 in：「門 kha 口無 siánn-mih 妖怪，是一隻 hőng 看 tio̍h gāi-gio̍h koh tsha̍k-ba̍k ê 田蛤 á。」

「Hit 隻田蛤 á 是 beh tshuē 你 tshòng-siánn-mi̍h？」

「Aih，親愛 ê 阿爸，tsāng 我去樹林內底 ê 古井 hia tshit-thô，我 hit 粒金球 suah lak 落去水--裡。

Tng 我哭 kah tsiok 傷心 ê 時，hit 隻田蛤 á kā 金球 tshuē tńg 來 hōo--我。因為伊一直要求，我 tsuấn 答應 beh hōo 伊陪伴 tī 阮身軀邊。我想講伊應該無才調離開水井才 tio̍h，siáng 知，伊竟然跳來到咱 tau 門 kha 口 koh 想 beh 入來 kah 我做伴。」話才 tú 講 suah，田蛤 á koh-tsài lòng 門而且 huah 講：

「國王 ê 查某 kiánn，hit 个上 sè 漢--ê，kā 我開門啦！你 kám 是 bē 記 tit tsấng tī 清涼 ê 水井邊，你 kā 我講--過 ê 話？國王 ê 查某 kiánn，hit 个上 sè 漢--ê，kā 我開門啦！」

國王開 tshuì 講話 ah：「你 ka-tī 講--過 ê 話 tio̍h-ài 守信用。去開門 hōo 伊入--來。」小公主聽了只好去開門，田蛤 á 跳--入來，沿路 tuè tī 小公主 ê kha 後到椅 á hia。田蛤 á 坐 tī thôo-kha huah 講：「Kā 我抱 khí-lí 你 hia 啦！」

小公主聽了真 tiû-tû，tùn-tenn 到國王叫伊照田蛤 á 講--ê 去做才甘願。田蛤 á 起來到椅 á 頂，koh 想 beh khí-lí 桌 á 頂，等坐起來桌 á 頂，suî 就坐 tī hia 講：「Tsit-má kā 你 ê 金 phiat-á sak khah 過來--leh，

án-ne 咱才 ē-sái tâng-tsê 食啊！」小公主照田蛤 á 講--ê 去做，m̄-koh 有目睭--ê lóng 看會出來伊心內 tsiok m̄ 願。田蛤 á 食物件食 kah 飽 tu-tu，有夠 kuè-giàn--ê。

到尾 á 田蛤 á 講：「我食 tsiok 飽--ê，tsit-má lio̍h-á thiám-thiám，tshuā 我去你 ê 房間，kā 你 ê 絲綢眠床款好勢，咱 thang tiàm hia 睏。」想 tio̍h tsit

隻黐黐 siûnn-siûnn ê 田蛤 á beh 來睏 tiàm 伊婧 koh tshing-khì ê 眠床，小公主驚 kah 直直 háu。國王 suah tsuấn tńg 受氣：「伊是 tī 你上無助 ê 時陣 kā 你 tàu-sann-kāng ê 人，你 bē-sái 看人無！」

尾手小公主只好用兩肢手指頭 á kā 田蛤 á ni 入去伊 ê 房間，kā khǹg tiàm 壁角。Tng 小公主 tī 眠床頂 tó 好勢 beh 睏，田蛤 á 跳過來講：「我 lia̍h-á thiám-thiám，我 mā beh kah 你仝款睏 kah tsiah sù-sī，kā 我 ni 去你 hia，nā 無我 beh kā 恁老爸講喔！」

小公主聽一下 suî 風火 to̍h，大力 kā 田蛤 á khian 去 lòng 壁：「你 kā 我 tiām--去，你 tsit 隻顧人怨 ê 田蛤 á ！」

Siáng tsai-iánn lòng-tio̍h 壁 koh 摔--落來--ê m̄ 是田蛤 á--neh，是一个生做真古錐，兩蕊目睭會 siânn--lâng，iân-tâu ê 王子。Tann--leh，nā 照國王要求查某kiánn 做人 tio̍h 守信用 ê 意思，目睭前 ê 王子就是 hit 个 beh kah 小公主做伙生活 ê 人囉。

王子 kā 小公主解說講，伊 íng-kuè hōo 一个歹心 ê 妖婆 kā hē 符 á，才會變成田蛤 á，除了小公主以外

無人有法度解救--伊，bîn-á-tsài in 就 beh tâng-tsê tńg 去王子 ê 國家 ah。講 suah in 兩个就一醒到天光。

翻 tńg 工，日頭 kā in 叫 tsing-sîn ê 時，有一台 hōo 八隻白馬 khiú--leh ê 大台車來 ah，ta̍k 隻馬 á ê 頭殼 lóng 用白色 ê 鳥 á 毛 tsng-thānn，koh 有金色 ê 鍊 á。遠遠 khiā--leh--ê 是 hit 个對王子無限死忠 ê 隨從哈利。

Hit 時，盡忠 ê 哈利因為王子 hőng 變做田蛤 á，傷心 kah tsih-tsài bē-tiâu，為 tio̍h beh am-khàm 傷心

kah 悲傷，伊用三塊鐵枋 ngē kā 心臟 khoo tiâu--leh，m̄-koh tsit-pái 無仝 ah，tsit-pái 伊是歡喜 beh 來接少年國王 tńg--去，伊 kā in 兩人接 khí-lí 馬車頂，ka-tī khiā 去 in 後壁，tsit 个死忠 ê 下 kha 手人看 tio̍h 小王子已經 tsiânn 做將才 ê 少年家，而且 koh 得 tio̍h 救贖 kah 幸福，伊歡喜 kah。

馬車 tsáu 一段路了後，王子聽 tio̍h 怪聲，kánn-ná 物件歹--去，伊就越頭 huah-hiu：「哈利，車 hāi--去 ah ！」

「我 ê 主人啊，車無 hāi--去！」

「He 是我心臟頂 kuân 鐵枋 sio-khȯk ê 聲。你 kám 知你 hőng 變做田蛤 á 關禁 tī 古井底 ê 時，我 ê 心肝是 juā-nī-á 艱苦--leh ！」

沿路聽 tio̍h 一 pái koh 一 pái 鐵枋 ê 聲，m̄-koh 王子 lóng lia̍h-tsún he 是車 hāi--去 ê 聲。其實 lóng 是死忠 ê 哈利因為王子得救 koh 得 tio̍h 幸福，歡喜 kah 心花開，致使伊心臟 hit-tah ê 鐵枋跳動 khí-lí-khȯk-lȯk ê 聲。

5
阿妹 á

有一个查埔人 kah 伊 ê 牽手，lóng tsiok 想 beh 有一个 gín-á，m̄-koh 一直 lóng 無生，in 某就 sì-kè 去下神託佛，求天公伯--á 看 ē-sái hōo in 有 gín-á--無？

In tau 後壁有一扇窗 á，uì hia 會看 tio̍h 一 jiah tsiok 媠 ê 花園，hit 內底有雜色花 mā 有 ta̍k 款芳料 ê 藥草。M̄-koh hit 个花園 suah hōo 一 tóo tsiok kuân ê 圍牆圍--leh，無人 hiah 好膽敢去 hia，因為聽講 hit 个花園 tuà 一个 tsiok 厲害、通人驚 ê 妖婆。

有一工，in 牽--ê 看 uì 遠遠 ê 花園 hia--去，看 tio̍h 花園內底有一个所在種 tsiânn-tsē mé-á 菜，hia-ê 菜看起來 tshinn-tshioh koh 青翠，伊就日思夜想 siàu 想 hia-ê mé-á 菜。明 tsai-iánn 無可能食會 tio̍h，伊 suah ta̍k 工想，ta̍k 工想，想 kah 真 iàn 氣，規 sian 人面憂面結，面色白死殺。

In 翁看一下 tshuah 一 tiô，問講：「某--ê，你 ná-ē án-ne beh-sí-tōng-hàinn hiah 無元氣？」

「Aih ！我 nā 無 食 tio̍h 咱厝後 he 花園種 ê mé-á 菜，我會死啦！」

In 翁是一个 kā 某疼命命 ê 查埔人，伊心內想：「我 ná ē-sái 目睭金金看阮某 án-ne khiau--去？當然 bē-sái ！無論 ài 付出 siánn-mih 代價，我一定 beh 來 hia bán kuá mé-á 菜。」

Beh 暗 á ê 時陣，hit 个查埔人就 peh 過妖婆花園 ê 圍牆，kha 手真 mé-lia̍h bán 一把 mé-á 菜 kín

the̍h tńg 去厝 hōo in 某。In 某 iau-sâi kah suî kā hit 把菜料理做冷盤，三兩 tshuì 就 hut 了了。伊食 kah su̍t-su̍t 叫，有夠滿足--ê。因為實在太好食 ah，隔 tńg 工，in 某 ê 心情是 tîng 倍歡喜。Nā beh hōo in 某 ê 心情穩定--落來，hit 个查埔人 tio̍h-ài koh 去花園 bán mé-á 菜。

Iū-koh beh uá 黃昏，伊 koh kiânn 去 peh 牆 á，m̄-koh tng 伊 puânn 過圍牆入去到花園，妖婆竟然 khiā tī 伊面頭前，伊驚 kah phi̍h-phi̍h-tshuah。

「你有夠大膽！」妖婆看--起來真受氣 ê 款。

「Peh 入來我 ê 花園，koh 像賊 á án-ne 偷 bán 我 ê mé-á 菜，你該慘 ah 你！」

「Aih-iah！」查埔人 ìn 講：「請你好心好 hīng--leh，我偷偷 á peh 入來你 ê 花園是 koo-put-jî-tsiong--ê，阮某 uì 窗 á 看 tio̍h 你種 ê mé-á 菜，giàn beh 食，講無食會死。」

妖婆聽一下真無歡喜講：「代誌 nā 確實親像你講--ê án-ne，我 ē-sái hōo 你 kā mé-á 菜 tsah tsáu，beh bán guā-tsē 由在--你。M̄-koh 我有一个條件：我 beh

ài 恁某腹肚內 hit 个 gín-á。你 m̄-bián 煩惱，我會像親生老母 án-ne 疼惜 tsit 个 gín-á，hōo 伊順 sī 大漢。」

因為查埔人實在是驚 kah kiông-beh 半小死，妖婆講--ê 伊 lóng ìn 好。無 guā 久，in 某 ū-iánn 生一个嬰 á，妖婆就 suî 出現，伊 kā 嬰 á 號名做阿妹 á，koh kā 嬰 á 抱 tsáu。

目一 nih！阿妹 á 大漢 ah，大漢 ê 阿妹 á，piān-nā 日頭光照會 tio̍h ê 所在，無人比伊 khah 媠。伊十二歲 ê 時，妖婆 kā 伊關 tiàm 樹林內 ê 一座塔--裡。Hit 座塔無樓梯 mā 無門，kan-na tī 上 kuân ê 所在有一扇 sè ka 片 á ê 窗 á。妖婆 nā beh 去 tshuē 阿妹 á，就 khiā tī 塔 ê 下 kha，huah：

「阿妹 á！阿妹 á！Kā 你 ê 頭 tsang 放落來 tsia。」

阿妹 á ê 頭 tsang m̄-nā 長 koh 幼絲，而且色水就像黃金 hiah 媠。Piān-nā 聽 tio̍h 妖婆 ê huah 聲，伊就 kā 毛尾 á tháu--開，kā 頭毛 phua̍h-khí-lí 天 pông 頂 hit 扇窗 á ê 窗鉤 á，hōo 頭 tsang suê--落去，妖婆就順伊 ê 頭 tsang peh--起來。

幾 nā 冬後，國王 ê 後生有一 pái 騎馬 beh 過樹林 ê 時，經過 hit 座塔 ê 下 kha，伊 tī hia 聽 tio̍h tsiok 迷人 ê 歌聲，就停 kha 落來欣賞。原來 he 是阿妹 á 孤單無伴 ê 時，uì 心肝底自然回響--出來 ê 美妙歌聲。

國王 ê 後生想 beh 去塔--裡 tshuē hit 个唱歌 ê 人，m̄-koh sian tshuē to tshuē 無門 thang 入--去。歌聲深

深感動伊 ê 心，所致伊 ta̍k 工 lóng 去樹林內底聽阿妹 á 唱歌。

到 kah 有一工，伊 khiā tiàm 遠遠 ê 樹 á 後壁 leh 聽歌 ê 時，看 tio̍h 妖婆出現，koh 聽 tio̍h 伊 huah：

「阿妹 á！阿妹 á！Kā 你 ê 頭 tsang 放落來 tsia。」

阿妹 á kā 頭 tsang 放 hōo suê--落來，妖婆就 peh--khí-lí。王子看 tio̍h án-ne 就想講：「He 頭 tsang nā 是 hőng peh-khí-lí 塔--裡 ê 樓梯，我 mā beh 來試看 ka-tī kám 有 tsiah 好運。」隔 tńg 工 ê beh 暗 á 天色暗暗，伊來到塔 hia，學妖婆 huah：

「阿妹 á！阿妹 á！Kā 你 ê 頭 tsang 放落來 tsia。」

無 guā 久，頭 tsang suê--落來，王子就 kā peh--khí-lí。

王子 ê 出現，hōo 阿妹 á 真 tio̍h-kiann，因為伊生目睭到 tann m̄-bat 看過查埔人。王子 suî 用輕柔 ê 聲 kah 阿妹 á 講話，koh kā 伊講：「因為你 ê 歌聲

擾動我 ê 人生，我 ê 心 bē-tiānn-tio̍h，我下決心一定 beh 見 tio̍h 你。」聽伊講 suah，阿妹 á bē koh 驚惶。

王子 koh kā 問：「你 kám 願意 hōo 我做你 ê 翁婿？」阿妹 á 看 tsit 个王子少年 koh iân-tâu，心內想：「伊 tik-khak 比 hit 个契母 khah 愛--我。」就 kā 伊講：「好啊！」而且 kā 手 khǹg tī 王子 ê 手頂 kuân。

阿妹 á 講：「我心內歡喜 beh tuè 你 tsáu，m̄-koh 我 m̄ 知 beh án-tsuánn 離開 tsit 座塔。Án-ne 好啦！你 piān-nā 來，就 tsah 一 khûn 絲綢來，我來 kā ká 做一 liâu 索 á 股梯，nā 做好我就 ē-sái liu--落去，你才騎馬來載我離開。」

In 參詳了就講通和，王子 ta̍k 工 beh 暗 á 才來，因為 hit 个妖婆 lóng e-tsái-á 才會來。

妖婆對 tsia-ê 代誌 lóng m̄ 知半項，到 kah 有一 pái，阿妹 á 無 tiunn-tî kā 妖婆講：「契母，是 án-tsuánn 你 kah 王子比--起來，ná 會加 hiah 重？人我 ta̍k-pái lóng lio̍h-lio̍h-á 出力就 kā 伊 khiú--起來，ah nā 你，我就 ài tìnn tsiok 大力--ê。」

「Ah ！你 tsit 个歹心烏 lo̍k 肚 ê gín-á ！」妖婆 huah 出聲：「你竟然 tsiah-nī 夭壽骨？我 lia̍h 準我已經 kā 你 kah tsit 个世界完全隔開 ah，想 bē 到，你 suah 瞞騙--我！」妖婆真受氣，伊 kā 阿妹 á ê hit phō 婧婧 ê 頭 tsang tsang--leh，tò 手 kā 頭 tsang 大力 tshuah 幾 nā 下，tsiànn 手 sa ka 刀，兩三下手，tshia̍k ！ tshia̍k ！

阿妹á ê 長頭 tsang tsiū-án-ne hōo ka-ka--斷，lak 落去 thôo-kha ah。妖婆心肝狼毒，kā 阿妹 á tshuā 去一个無人 kiânn-kha 到 ê 所在 kā tàn tiàm hia，beh hōo 伊過悲慘、艱苦 ê 日子。

阿妹 á 去 hőng 趕--出去 hit 工，妖婆 kā ka--落來 ê 頭 tsang phuah tī 窗 á。王子來到地，仝款 huah：

「阿妹 á！阿妹 á！Kā 你 ê 頭 tsang 放落來 tsia。」

妖婆 kā 頭 tsang uì 塔頂 suê--落去。王子 peh--起來，m̄-koh khiā tī 伊眼前--ê m̄是伊所愛 ê 阿妹 á，tian-tò 是一个用邪惡狼毒 ê 目箭 leh kā 掃射 ê 妖婆。

「Hennh hennh ！」妖婆用 khau-sé、怨恨 ê 聲嗽 kā 王子嚷：「你想 beh 來 tshuē 你心愛 ê 人喔？M̄-koh 恐驚古錐 ê 鳥 á 已經無 tī siū 內底，mā bē koh 再唱歌，因為伊已經 hōo 貓 á lia̍h--去，tsit-má 貓 á koh beh 來 kā 你 ê 目睭挖--出來！阿妹 á 因為你來迷失，你 ê 報應就是永遠見 bē tio̍h 伊！」

王子感覺真痛苦，心肝內真絕望，uì 塔頂跳--落去。伊無死，m̄-koh 摔落去 thôo-kha ê 時，suah 去 hōo 野草 ê 刺 tsha̍k 入去伊 hit 兩蕊目睭--裡。

Tshenn-mê ê 王子 tī 樹林內 sì-kè luā-luā-sô，kan-na 食樹根 kah 野生 ê 果子，伊 tsiok 失志，為 tio̍h 失去心愛 ê 某，規个人懶懶無元氣 koh hainn-hainn-tshan。

Tsiū-án-ne 痛苦流浪幾 nā 冬，尾手，伊 tú-á 好來到阿妹 á hōo 妖婆 hiat-ka̍k ê 所在。阿妹 á 已經 kā 生一對後生查某 kiánn ah，生活過 kah 真可憐。王子

聽 tio̍h 伊 si̍k-sāi ê 聲音，就 kiânn uá--去，阿妹 á suî kā 認--出來，雙人對 ām-kún-á lám--leh，哭 kah 目屎 sì-lâm-suî。阿妹 á ê 兩滴目屎去滴 tio̍h 王子 ê 兩蕊目睭，王子 ê 目睭 ta̍uh-ta̍uh-á kim--起來，伊 koh ē-sái 像 khah 早 án-ne 看 tio̍h 物件囉！

王子就 tshuā 阿妹 á in 母 á-kiánn tńg 去故鄉，tī hia，in 受 tio̍h 真好 ê 看顧，tsiū-tshú，in 規家伙 á 就幸福快樂做伙一世人！

Grimms Märchen

Brüder Grimm, 1843, *Kinder und Hausmärchen*
(Erster Band und zweiter Band). Göttingen: Dieterich

Rotkäppchen

Es war einmal ein kleines süßes Mädchen, das hatte jedermann lieb, der sie nur ansah, am allerliebsten aber ihre Großmutter, die wusste gar nicht, was sie alles dem Kinde geben sollte. Einmal schenkte sie ihm ein Käppchen von rotem Samt, und weil ihm das so gut stand, und es nichts anders mehr tragen wollte, hieß es nur das Rotkäppchen. Eines Tages sprach seine Mutter zu ihm: "Komm, Rotkäppchen, da hast du ein Stück Kuchen und eine Flasche Wein, bring das der Großmutter hinaus; sie ist krank und schwach und wird sich daran laben. Mach dich auf, bevor es heiß wird, und wenn du hinauskommst, so geh hübsch sittsam und lauf nicht vom Wege ab, sonst fällst du und zerbrichst das Glas, und die Großmutter hat nichts. Und wenn du in ihre Stube kommst, so vergiss nicht guten Morgen zu sagen und guck nicht erst in allen Ecken herum!"

"Ich will schon alles richtig machen," sagte Rotkäppchen zur Mutter, und gab ihr die Hand darauf. Die Großmutter aber wohnte draußen im Wald, eine halbe Stunde vom Dorf. Wie nun Rotkäppchen in den Wald kam, begegnete ihm der Wolf. Rotkäppchen aber wusste nicht, was das für ein böses Tier war, und fürchtete sich nicht vor ihm. "Guten Tag, Rotkäppchen!" sprach er. "Schönen Dank, Wolf!" - "Wo hinaus so früh,

Rotkäppchen?" - "Zur Großmutter." - "Was trägst du unter der Schürze?" - "Kuchen und Wein. Gestern haben wir gebacken, da soll sich die kranke und schwache Großmutter etwas zugute tun und sich damit stärken." - "Rotkäppchen, wo wohnt deine Großmutter?" - "Noch eine gute Viertelstunde weiter im Wald, unter den drei großen Eichbäumen, da steht ihr Haus, unten sind die Nusshecken, das wirst du ja wissen," sagte Rotkäppchen. Der Wolf dachte bei sich: Das junge, zarte Ding, das ist ein fetter Bissen, der wird noch besser schmecken als die Alte. Du musst es listig anfangen, damit du beide schnappst. Da ging er ein Weilchen neben Rotkäppchen her, dann sprach er: "Rotkäppchen, sieh einmal die schönen Blumen, die ringsumher stehen. Warum guckst du dich nicht um? Ich glaube, du hörst gar nicht, wie die Vöglein so lieblich singen? Du gehst ja für dich hin, als wenn du zur Schule gingst, und es ist so lustig draussen in dem Wald."

Rotkäppchen schlug die Augen auf, und als es sah, wie die Sonnenstrahlen durch die Bäume hin und her tanzten und alles voll schöner Blumen stand, dachte es: Wenn ich der Großmutter einen frischen Strauß mitbringe, wird ihr der auch Freude machen; es ist so früh am Tag, dass ich doch zur rechten Zeit ankomme. Sie lief vom Wege ab in den Wald hinein und suchte Blumen. Und wenn es eine abgebrochene Blume hatte, meinte es, weiter hinaus stände eine schönere, und lief danach und geriet immer tiefer in den Wald hinein. Der Wolf aber ging geradewegs zum Haus der Großmutter und klopfte an die Türe. "Wer ist draußen?" - "Rotkäppchen, das bringt Kuchen und Wein, mach auf!" - "Drück nur auf die Klinke!" rief die Großmutter, "ich bin zu schwach und kann nicht aufstehen." Der Wolf drückte auf die Klinke, die Türe sprang auf und er ging, ohne ein Wort zu sprechen, gerade zum Bett der Großmutter und verschluckte sie. Dann tat er ihre Kleider an, setzte ihre Haube auf, legte sich in ihr Bett und zog die Vorhänge vor.

Rotkäppchen aber, war den Blumen gefolgt, und als es so viel zusammen hatte, dass es keine mehr tragen konnte, fiel ihm die Großmutter wieder ein, und es machte sich auf den Weg zu ihr. Es wunderte sich, dass die Tür aufstand, und wie es in die Stube trat, so kam es ihm so seltsam darin vor, dass dachte es: Ei, du mein Gott, wie ängstlich wird mir's heute zumute, und bin sonst so gerne bei der Großmutter! Es rief: "Guten Morgen," bekam aber keine Antwort. Darauf ging es zum Bett und zog die Vorhänge zurück. Da lag die Großmutter und hatte die Haube tief ins Gesicht gesetzt und sah so wunderlich aus. "Ei, Großmutter, was hast du für große Ohren!" - "Dass ich dich besser hören kann!" - "Ei, Großmutter, was hast du für große Augen!" - "Dass ich dich besser sehen kann!" - "Ei, Großmutter, was hast du für große Hände!" - "Dass ich dich besser packen kann!" - "Aber, Großmutter, was hast du für ein entsetzlich großes Maul!" - "Dass ich dich besser fressen kann!" Kaum hatte der Wolf das gesagt, so tat er einen Satz aus dem Bette und verschlang das arme Rotkäppchen.

Wie der Wolf seinen Appetit gestillt hatte, legte er sich wieder ins Bett, schlief ein und fing an, überlaut zu schnarchen. Der Jäger ging eben an dem Haus vorbei und dachte: Wie die alte Frau schnarcht! Du musst doch sehen, ob ihr etwas fehlt. Da trat er in die Stube, und wie er vor das Bette kam, so sah er, dass der Wolf darin lag. "Finde ich dich hier, du alter Sünder," sagte er, "ich habe dich lange gesucht." Nun wollte er seine Büchse anlegen, da fiel ihm ein, der Wolf könnte die Großmutter gefressen haben und sie wäre noch zu retten, schoss nicht, sondern nahm eine Schere und fing an, dem schlafenden Wolf den Bauch aufzuschneiden. Wie er ein paar Schnitte getan hatte, da sah er das rote Käppchen leuchten, und noch ein paar Schnitte, da sprang das Mädchen heraus und rief: "Ach, wie war ich erschrocken, wie war's so dunkel in dem Wolf seinem Leib!" Und dann kam die alte Großmutter auch noch lebendig heraus und konnte kaum atmen. Rotkäppchen aber holte geschwind große Steine, damit füllten sie dem Wolf den Leib, und wie er aufwachte, wollte er fortspringen, aber die Steine waren so schwer, dass er gleich niedersank und sich totfiel.

Da waren alle drei vergnügt. Der Jäger zog dem Wolf den Pelz ab und ging damit heim, die Großmutter aß den Kuchen und trank den Wein, den Rotkäppchen mitgebracht hatte, und erholte sich wieder; Rotkäppchen aber dachte: Du willst dein Lebtag nicht wieder allein vom Wege ab in den Wald laufen, wenn dir's die Mutter verboten hat.

Es wird auch erzählt, dass einmal, als Rotkäppchen der alten Großmutter wieder Gebackenes brachte, ein anderer Wolf es angesprochen und vom Wege habe ableiten wollen. Rotkäppchen aber hütete sich und ging geradefort seines Wegs und sagte der Großmutter, dass es dem Wolf begegnet wäre, der ihm guten Tag gewünscht, aber so bös aus den Augen geguckt hätte: "Wenn's nicht auf offener Straße gewesen wäre, er hätte mich gefressen." - "Komm," sagte die Großmutter, "wir wollen die Türe verschließen, dass er nicht herein kann." Bald danach klopfte der Wolf an und rief: "Mach auf, Großmutter, ich bin das Rotkäppchen, ich bring dir Gebackenes." Sie schwiegen aber und machten die Türe nicht auf. Da schlich der Graukopf etlichemal um das Haus, sprang endlich aufs Dach und wollte warten, bis Rotkäppchen abends nach Hause ginge, dann wollte er ihm nachschleichen und wollt's in der Dunkelheit fressen. Aber die Großmutter merkte, was er im Sinne hatte. Nun stand vor dem Haus ein großer Steintrog, Da sprach sie zu dem Kind: "Nimm den Eimer, Rotkäppchen, gestern hab ich Würste gekocht, da trag das Wasser, worin sie gekocht sind, in den Trog!" Rotkäppchen trug so lange, bis der große, große Trog ganz voll war. Da stieg der Geruch von den Würsten dem Wolf in die Nase. Er schnupperte und guckte hinab, endlich machte er den Hals so lang, dass er sich nicht mehr halten konnte, und anfing zu rutschen; so rutschte er vom Dach herab, gerade in den großen Trog hinein und ertrank. Rotkäppchen aber ging fröhlich nach Haus, und von nun an tat ihm niemand mehr etwas zuleide.

Hänsel und Gretel

Vor einem großen Walde wohnte ein armer Holzhacker mit seiner Frau und seinen zwei Kindern; das Bübchen hieß Hänsel und das Mädchen Gretel. Er hatte wenig zu beißen und zu brechen, und einmal, als große Teuerung ins Land kam, konnte er das tägliche Brot nicht mehr schaffen. Wie er sich nun abends im Bette Gedanken machte und sich vor Sorgen herumwälzte, seufzte er und sprach zu seiner Frau: "Was soll aus uns werden? Wie können wir unsere armen Kinder ernähren da wir für uns selbst nichts mehr haben?" - "Weißt du was, Mann," antwortete die Frau, "wir wollen morgen in aller Frühe die Kinder hinaus in den Wald führen, wo er am dicksten ist. Da machen wir ihnen ein Feuer an und geben jedem noch ein Stückchen Brot, dann gehen wir an unsere Arbeit und lassen sie allein. Sie finden den Weg nicht wieder nach Haus, und wir sind sie los." - "Nein, Frau," sagte der Mann, "das tue ich nicht; wie sollt ich's übers Herz bringen, meine Kinder im Walde allein zu lassen! Die wilden Tiere würden bald kommen und sie zerreißen." - "Oh, du Narr," sagte sie, "dann müssen wir alle viere Hungers sterben, du kannst nur die Bretter für die Särge hobeln," und ließ ihm keine Ruhe, bis er einwilligte. "Aber die armen Kinder tun mir doch leid," sagte der Mann.

Die zwei Kinder hatten vor Hunger auch nicht einschlafen können und hatten gehört, was die Stiefmutter zum Vater gesagt hatte. Gretel weinte bittere Tränen und sprach zu Hänsel: "Nun ist's um uns geschehen." - "Still, Gretel," sprach Hänsel, "gräme dich nicht, ich will uns schon helfen." Und als die Alten eingeschlafen waren, stand er auf, zog sein Jäckchen an, machte die Untertüre auf und schlich sich hinaus. Da schien der Mond ganz hell, und die weißen Kieselsteine, die vor dem Haus lagen, glänzten wie lauter Silbermünzen. Hänsel bückte sich und steckte so viele in sein Jackentäschlein, als nur hinein wollten. Dann ging er wieder zurück, sprach zu Gretel: "Sei getrost, liebes Schwesterchen, und schlaf nur ruhig ein, Gott wird uns nicht verlassen," und legte sich wieder in sein Bett.

Als der Tag anbrach, noch ehe die Sonne aufgegangen war, kam schon die Frau und weckte die beiden Kinder: "Steht auf, ihr Faulenzer, wir wollen in den Wald gehen und Holz holen." Dann gab sie jedem ein Stückchen Brot und sprach: "Da habt ihr etwas für den Mittag, aber eßt's nicht vorher auf, weiter kriegt ihr nichts." Gretel nahm das Brot unter die Schürze, weil Hänsel die Steine in der Tasche hatte. Danach machten sie sich alle zusammen auf den Weg in den Wald. Als sie ein Weilchen gegangen waren, stand Hänsel still und guckte zum Haus zurück und tat das wieder und immer wieder. Der Vater sprach: "Hänsel, was guckst du da und bleibst zurück, hab acht und vergiß deine Beine nicht!" - "Ach, Vater," sagte Hänsel, "ich sehe nach meinem weißen Kätzchen, das sitzt oben auf dem Dach und will mir Ade sagen." Die Frau sprach: "Narr, das ist dein Kätzchen nicht, das ist die

Morgensonne, die auf den Schornstein scheint." Hänsel aber hatte nicht nach dem Kätzchen gesehen, sondern immer einen von den blanken Kieselsteinen aus seiner Tasche auf den Weg geworfen.

Als sie mitten in den Wald gekommen waren, sprach der Vater: "Nun sammelt Holz, ihr Kinder, ich will ein Feuer anmachen, damit ihr nicht friert." Hänsel und Gretel trugen Reisig zusammen, einen kleinen Berg hoch. Das Reisig ward angezündet, und als die Flamme recht hoch brannte, sagte die Frau: "Nun legt euch ans Feuer, ihr Kinder, und ruht euch aus, wir gehen in den Wald und hauen Holz. Wenn wir fertig sind, kommen wir wieder und holen euch ab."

Hänsel und Gretel saßen um das Feuer, und als der Mittag kam, aß jedes sein Stücklein Brot. Und weil sie die Schläge der Holzaxt hörten, so glaubten sie, ihr Vater wär' in der Nähe. Es war aber nicht die Holzaxt, es war ein Ast, den er an einen dürren Baum gebunden hatte und den der Wind hin und her schlug. Und als sie so lange gesessen hatten, fielen ihnen die Augen vor Müdigkeit zu, und sie schliefen fest ein. Als sie endlich erwachten, war es schon finstere Nacht. Gretel fing an zu weinen und sprach: "Wie sollen wir nun aus dem Wald kommen?" Hänsel aber tröstete sie: "Wart nur ein Weilchen, bis der Mond aufgegangen ist, dann wollen wir den Weg schon finden." Und als der volle Mond aufgestiegen war, so nahm Hänsel sein Schwesterchen an der Hand und ging den Kieselsteinen nach, die schimmerten wie neu geschlagene Silbermünzen und zeigten ihnen den Weg. Sie gingen die ganze Nacht hindurch und kamen bei anbrechendem Tag wieder zu ihres Vaters Haus. Sie klopften an die Tür, und als die Frau aufmachte und sah, daß es Hänsel und Gretel waren, sprach sie: "Ihr bösen Kinder, was habt ihr so lange im Walde geschlafen, wir haben geglaubt, ihr wollet gar nicht wiederkommen." Der Vater aber freute sich, denn es war ihm zu Herzen gegangen, daß er sie so allein zurückgelassen hatte.

Nicht lange danach war wieder Not in allen Ecken, und die Kinder hörten, wie die Mutter nachts im Bette zu dem Vater sprach: "Alles ist wieder aufgezehrt, wir haben noch einen halben Laib Brot, hernach hat das Lied ein Ende. Die Kinder müssen fort, wir wollen sie tiefer in den Wald hineinführen, damit sie den Weg nicht wieder herausfinden; es ist sonst keine Rettung für uns." Dem Mann wurde schwermütig, und er dachte: Es wäre besser, daß du den letzten Bissen mit deinen Kindern teiltest. Aber die Frau hörte auf nichts, was er sagte, schalt ihn und machte ihm Vorwürfe. Wer A sagt, muß auch B sagen, und weil er das erstemal nachgegeben hatte, so mußte er es auch zum zweitenmal.

Die Kinder waren aber noch wach gewesen und hatten das Gespräch mitangehört. Als die Alten schliefen, stand Hänsel wieder auf, wollte hinaus und die Kieselsteine auflesen, wie das vorigemal; aber die Frau hatte die Tür verschlossen, und Hänsel konnte nicht heraus. Aber er tröstete sein Schwesterchen und sprach: "Weine nicht, Gretel, und schlaf nur ruhig, der liebe Gott wird uns schon helfen."

Am frühen Morgen kam die Frau und holte die Kinder aus dem Bette. Sie erhielten ihr Stückchen Brot, das war aber noch kleiner als das vorigemal. Auf dem Wege nach dem Wald bröckelte es Hänsel in der Tasche, stand oft still und warf ein Bröcklein auf die Erde. "Hänsel, was stehst du und guckst dich um?" sagte der Vater, "geh deiner Wege!" - "Ich sehe nach meinem Täubchen, das sitzt auf dem Dache und will mir Ade sagen," antwortete Hänsel. "Narr," sagte die Frau, "das ist dein Täubchen nicht, das ist die Morgensonne, die auf den Schornstein oben scheint." Hänsel aber warf nach und nach alle Bröcklein auf den Weg.

Die Frau führte die Kinder noch tiefer in den Wald, wo sie ihr Lebtag noch nicht gewesen waren. Da ward wieder ein großes Feuer angemacht, und die Mutter sagte: "Bleibt nur da sitzen, ihr Kinder, und wenn ihr müde seid, könnt ihr ein wenig schlafen. Wir gehen in den Wald und hauen Holz, und abends, wenn wir fertig sind, kommen wir und holen euch ab." Als es Mittag war, teilte Gretel ihr Brot mit Hänsel, der sein Stück auf den Weg gestreut hatte. Dann schliefen sie ein, und der Abend verging; aber niemand kam zu den armen Kindern. Sie erwachten erst in der finstern Nacht, und Hänsel tröstete sein Schwesterchen und sagte: "Wart nur, Gretel, bis der Mond aufgeht, dann werden wir die Brotbröcklein sehen, die ich ausgestreut habe, die zeigen uns den Weg nach Haus." Als der Mond kam, machten sie sich auf, aber sie fanden kein Bröcklein mehr, denn die viel tausend Vögel, die im Walde und im Felde umherfliegen, die hatten sie weggepickt. Hänsel sagte zu Gretel: "Wir werden den Weg schon finden." Aber sie fanden ihn nicht. Sie gingen die ganze Nacht und noch einen Tag von Morgen bis Abend, aber sie kamen aus dem Wald nicht heraus und waren so hungrig, denn sie hatten nichts als die paar Beeren, die auf der Erde standen. Und weil sie so müde waren, daß die Beine sie nicht mehr tragen wollten, so legten sie sich unter einen Baum und schliefen ein.

Nun war's schon der dritte Morgen, daß sie ihres Vaters Haus verlassen hatten. Sie fingen wieder an zu gehen, aber sie gerieten immer tiefer in den Wald, und wenn nicht bald Hilfe kam, mußten sie verschmachten. Als es Mittag war, sahen sie ein schönes, schneeweißes Vögelein auf einem Ast sitzen, das sang so schön, daß sie stehen blieben und ihm zuhörten. Und als es fertig war, schwang es seine Flügel und flog vor ihnen her, und sie gingen ihm nach, bis sie zu einem Häuschen gelangten, auf dessen Dach es sich setzte, und als sie ganz nahe herankamen, so sahen sie, daß das Häuslein aus Brot gebaut war und mit Kuchen gedeckt; aber die Fenster waren von hellem Zucker. "Da wollen wir uns dranmachen," sprach Hänsel, "und eine gesegnete Mahlzeit halten. Ich will ein Stück vom Dach essen, Gretel, du kannst vom Fenster essen, das schmeckt süß." Hänsel reichte in die Höhe und brach sich ein wenig vom Dach ab, um zu versuchen, wie es schmeckte, und Gretel stellte sich an die Scheiben und knupperte daran. Da rief eine feine Stimme aus der Stube heraus:

"Knupper, knupper, Kneischen,
Wer knuppert an meinem Häuschen?"

Die Kinder antworteten:

"Der Wind, der Wind,
Das himmlische Kind,"

und aßen weiter, ohne sich irre machen zu lassen. Hänsel, dem das Dach sehr gut schmeckte, riß sich ein großes Stück davon herunter, und Gretel stieß eine ganze runde Fensterscheibe heraus, setzte sich nieder und tat sich wohl damit. Da ging auf einmal die Türe auf, und eine steinalte Frau, die sich auf eine Krücke stützte, kam herausgeschlichen. Hänsel und Gretel erschraken so gewaltig, daß sie fallen ließen, was sie in den Händen hielten. Die Alte aber wackelte mit dem Kopfe und sprach: "Ei, ihr lieben Kinder, wer hat euch hierher gebracht? Kommt nur herein und bleibt bei mir, es geschieht euch kein Leid." Sie faßte beide an der Hand und führte sie in ihr Häuschen. Da ward ein gutes Essen aufgetragen, Milch und Pfannkuchen mit Zucker, Äpfel und Nüsse. Hernach wurden zwei schöne Bettlein weiß gedeckt, und Hänsel und Gretel legten sich hinein und meinten, sie wären im Himmel.

Die Alte hatte sich nur freundlich angestellt, sie war aber eine böse Hexe, die den Kindern auflauerte, und hatte das Brothäuslein bloß gebaut, um sie herbeizulocken. Wenn eins in ihre Gewalt kam, so machte sie es tot, kochte es und aß es, und das war ihr ein Festtag. Die Hexen haben rote Augen und können nicht weit sehen, aber sie haben eine feine Witterung wie die Tiere und merken's, wenn Menschen herankommen. Als Hänsel und Gretel in ihre Nähe kamen, da lachte sie boshaft und sprach höhnisch: "Die habe ich, die sollen mir nicht wieder entwischen!" Früh morgens, ehe die Kinder erwacht waren, stand sie schon auf, und als sie beide so lieblich ruhen sah, mit den vollen roten Backen, so murmelte sie vor sich hin: "Das wird ein guter Bissen werden." Da packte sie Hänsel mit ihrer dürren Hand und trug ihn in einen kleinen Stall und sperrte ihn mit einer Gittertüre ein. Er mochte schrein, wie er wollte, es half ihm nichts. Dann ging sie zur Gretel, rüttelte sie wach und rief: "Steh auf, Faulenzerin, trag Wasser und koch deinem Bruder etwas Gutes, der sitzt draußen im Stall und soll fett werden. Wenn er fett ist, so will ich ihn essen." Gretel fing an bitterlich zu weinen; aber es war alles vergeblich, sie mußte tun, was die böse Hexe verlangte.

Nun ward dem armen Hänsel das beste Essen gekocht, aber Gretel bekam nichts als Krebsschalen. Jeden Morgen schlich die Alte zu dem Ställchen und rief: "Hänsel, streck deine Finger heraus, damit ich fühle, ob du bald fett bist." Hänsel streckte ihr aber ein Knöchlein heraus, und die Alte, die trübe Augen hatte, konnte es nicht sehen und meinte, es wären Hänsels Finger, und verwunderte sich, daß er gar nicht fett werden wollte. Als vier Wochen herum waren und Hänsel immer mager blieb, da überkam sie die Ungeduld, und sie wollte nicht länger warten. "Heda, Gretel," rief sie dem Mädchen zu, "sei flink und trag Wasser! Hänsel mag fett oder mager sein, morgen will ich ihn schlachten und kochen." Ach, wie jammerte das arme Schwesterchen, als es das Wasser tragen mußte, und wie flossen ihm die Tränen über die Backen herunter! "Lieber Gott, hilf uns doch," rief sie aus, "hätten uns nur die wilden Tiere im Wald gefressen, so wären wir doch zusammen gestorben!" - "Spar nur dein Geplärre," sagte die Alte, "es hilft dir alles nichts."

Frühmorgens mußte Gretel heraus, den Kessel mit Wasser aufhängen und Feuer anzünden. "Erst wollen wir backen," sagte die Alte, "ich habe den Backofen schon eingeheizt und den Teig geknetet." Sie stieß das arme Gretel hinaus zu dem Backofen, aus dem die Feuerflammen schon herausschlugen "Kriech hinein," sagte die Hexe, "und sieh zu, ob recht eingeheizt ist, damit wir das Brot hineinschieben können." Und wenn Gretel darin war, wollte sie den Ofen zumachen und Gretel sollte darin braten, und dann wollte sie's aufessen. Aber Gretel merkte, was sie im Sinn hatte, und sprach: "Ich weiß nicht, wie ich's machen soll; wie komm ich da hinein?" - "Dumme Gans," sagte die Alte, "die Öffnung ist groß genug, siehst du wohl, ich könnte selbst hinein," krabbelte heran und steckte den Kopf in den Backofen. Da gab ihr Gretel einen Stoß, daß sie weit hineinfuhr, machte die eiserne Tür zu und schob den Riegel vor. Hu! Da fing sie an zu heulen, ganz grauselich; aber Gretel lief fort, und die gottlose Hexe mußte elendiglich verbrennen.

Gretel aber lief schnurstracks zum Hänsel, öffnete sein Ställchen und rief: "Hänsel, wir sind erlöst, die alte Hexe ist tot." Da sprang Hänsel heraus wie ein Vogel aus dem Käfig, wenn ihm die Türe aufgemacht wird. Wie haben sie sich gefreut sind sich um den Hals gefallen, sind herumgesprungen und haben sich geküßt! Und weil sie sich nicht mehr zu fürchten brauchten, so gingen sie in das Haus der Hexe hinein. Da standen in allen Ecken Kästen mit Perlen und Edelsteinen. "Die sind noch besser als Kieselsteine," sagte Hänsel und steckte in seine Taschen, was hinein wollte. Und Gretel sagte:" Ich will auch etwas mit nach Haus bringen," und füllte sein Schürzchen voll. "Aber jetzt wollen wir fort," sagte Hänsel, "damit wir aus dem Hexenwald herauskommen." Als sie aber ein paar Stunden gegangen waren, gelangten sie an ein großes Wasser. "Wir können nicht hinüber," sprach Hänsel, "ich seh keinen Steg und keine Brücke." - "Hier fährt auch kein Schiffchen," antwortete Gretel, "aber da schwimmt eine weiße Ente, wenn ich die bitte, so hilft sie uns hinüber.

Da rief sie:
"Entchen, Entchen,
Da steht Gretel und Hänsel.
Kein Steg und keine Brücke,
Nimm uns auf deinen weißen Rücken."

Das Entchen kam auch heran, und Hänsel setzte sich auf und bat sein Schwesterchen, sich zu ihm zu setzen. "Nein," antwortete Gretel, "es wird dem Entchen zu schwer, es soll uns nacheinander hinüberbringen." Das tat das gute Tierchen, und als sie glücklich drüben waren und ein Weilchen fortgingen, da kam ihnen der Wald immer bekannter und immer bekannter vor, und endlich erblickten sie von weitem ihres Vaters Haus. Da fingen sie an zu laufen, stürzten in die Stube hinein und fielen ihrem Vater um den Hals. Der Mann hatte keine frohe Stunde gehabt, seitdem er die Kinder im Walde gelassen hatte, die Frau aber war gestorben. Gretel schüttelte sein Schürzchen aus, daß die Perlen und Edelsteine in der Stube herumsprangen, und Hänsel warf eine Handvoll nach der andern aus seiner Tasche dazu. Da hatten alle Sorgen ein Ende, und sie lebten in lauter Freude zusammen. Mein Märchen ist aus, dort lauft eine Maus, wer sie fängt, darf sich eine große Pelzkappe daraus machen.

Aschenputtel

Einem reichen Manne, dem wurde seine Frau krank, und als sie fühlte, daß ihr Ende herankam, rief sie ihr einziges Töchterlein zu sich ans Bett und sprach: "Liebes Kind, bleibe fromm und gut, so wird dir der liebe Gott immer beistehen, und ich will vom Himmel auf dich herabblicken, und will um dich sein." Darauf tat sie die Augen zu und verschied. Das Mädchen ging jeden Tag hinaus zu dem Grabe der Mutter und weinte, und blieb fromm und gut. Als der Winter kam, deckte der Schnee ein weißes Tüchlein auf das Grab, und als die Sonne im Frühjahr es wieder herabgezogen hatte, nahm sich der Mann eine andere Frau.

Die Frau hatte zwei Töchter mit ins Haus gebracht, die schön und weiß von Angesicht waren, aber garstig und schwarz von Herzen. Da ging eine schlimme Zeit für das arme Stiefkind an. "Soll die dumme Gans bei uns in der Stube sitzen!" sprachen sie, "wer Brot essen will, muß verdienen: hinaus mit der Küchenmagd!" Sie nahmen ihm seine schönen Kleider weg, zogen ihm einen grauen, alten Kittel an und gaben ihm hölzerne Schuhe. "Seht einmal die stolze Prinzessin, wie sie geputzt ist!" riefen sie, lachten und führten es in die Küche. Da mußte es von Morgen bis Abend schwere Arbeit tun, früh vor Tag aufstehen, Wasser tragen, Feuer anmachen, kochen und waschen. Obendrein taten ihm die Schwestern alles ersinnliche Herzeleid an, verspotteten es und schütteten ihm die Erbsen und Linsen in die Asche, so daß es sitzen und sie wieder auslesen mußte. Abends, wenn es sich müde gearbeitet hatte, kam es in kein Bett, sondern mußte sich neben den Herd in die Asche legen. Und weil es darum immer staubig und schmutzig aussah, nannten sie es Aschenputtel.

Es trug sich zu, daß der Vater einmal zu einer Messe ziehen wollte, da fragte er die beiden Stieftöchter, was er ihnen mitbringen sollte. "Schöne Kleider," sagte die eine, "Perlen und Edelsteine," die zweite. "Aber du, Aschenputtel," sprach er, "was willst du haben?" - "Vater, der erste Zweig, das Euch auf Eurem Heimweg an den Hut stößt, den brecht für mich ab!" Er kaufte nun für die beiden Stiefschwestern schöne Kleider, Perlen und Edelsteine, und auf dem Rückweg, als er durch ein grünes Wäldchen ritt, streifte ihn ein Haselzweig und stieß ihm den Hut ab. Da brach er den Zeig ab und nahm ihn mit. Als er nach Haus kam, gab er den Stieftöchtern, was sie sich gewünscht hatten, und dem Aschenputtel gab er den Zweig von dem Haselbusch. Aschenputtel dankte ihm, ging zu seiner Mutter Grab und pflanzte den Zweig darauf, und weinte so sehr, daß die Tränen darauf niederfielen und es begossen. Es wuchs aber und ward ein schöner Baum. Aschenputtel ging alle Tage dreimal darunter, weinte und betete, und allemal kam ein weißes Vöglein auf den Baum, und wenn es einen Wunsch aussprach, so warf ihm das Vöglein herab, was es sich gewünscht hatte.

Es begab sich aber, daß der König ein Fest veranstaltete, das drei Tage dauern sollte, und wozu alle schönen Jungfrauen im Lande eingeladen wurden, damit sich sein Sohn eine Braut aussuchen möchte. Die zwei Stiefschwestern, als sie hörten, daß sie auch dabei erscheinen sollten, waren guter Dinge, riefen Aschenputtel und sprachen: "Kämm uns die Haare, bürste uns die Schuhe und mache uns die Schnallen fest, wir gehen zur Hochzeit auf des Königs Schloss." Aschenputtel gehorchte, weinte aber, weil es auch gern zum Tanz mitgegangen wäre, und bat die Stiefmutter, sie möchte es ihm erlauben. "Aschenputtel," sprach sie, "bist voll Staub und Schmutz, und willst zur Hochzeit? Du hast keine Kleider und Schuhe, und willst tanzen!" Als es aber mit Bitten anhielt, sprach sie endlich: "Da habe ich dir eine Schüssel Linsen in die Asche geschüttet, wenn du die Linsen in zwei Stunden wieder ausgelesen hast, so sollst du mitgehen." Das Mädchen ging durch die Hintertür nach dem Garten und rief: "Ihr zahmen Täubchen, ihr Turteltäubchen, all ihr Vöglein unter dem Himmel, kommt und helft mir lesen,

Die guten ins Töpfchen, Die schlechten ins Kröpfchen."

Da kamen zum Küchenfenster zwei weiße Täubchen herein, und danach die Turteltäubchen, und endlich schwirrten und schwärmten alle Vöglein unter dem Himmel herein und ließen sich um die Asche nieder. Und die Täubchen nickten mit den Köpfchen und fingen an pick, pick, pick, pick, und da fingen die übrigen auch an pick, pick, pick, pick, und lasen alle guten Körnlein in die Schüssel. Kaum war eine Stunde herum, so waren sie schon fertig und flogen alle wieder hinaus. Da brachte das Mädchen die Schüssel der Stiefmutter, freute sich und glaubte, es dürfte nun mit auf die Hochzeit gehen. Aber sie sprach: "Nein, Aschenputtel, du hast keine Kleider, und kannst nicht tanzen: du wirst nur ausgelacht." Als es nun weinte, sprach sie: "Wenn du mir zwei Schüsseln voll Linsen in einer Stunde aus der Asche rein lesen kannst, so sollst du mitgehen," und dachte: "Das kann es ja nimmermehr." Als sie die zwei Schüsseln Linsen in die Asche geschüttet hatte, ging das Mädchen durch die Hintertür nach dem Garten und rief: "Ihr zahmen Täubchen, ihr Turteltäubchen, all ihr Vöglein unter dem Himmel, kommt und helft mir lesen,

Die guten ins Töpfchen, Die schlechten ins Kröpfchen."

Da kamen zum Küchenfenster zwei weiße Täubchen herein und danach die Turteltäubchen, und endlich schwirrten und schwärmten alle Vöglein unter dem Himmel herein und ließen sich um die Asche nieder. Und die Täubchen nickten mit ihren Köpfchen und fingen an pick, pick, pick, pick, und da fingen die übrigen auch an pick, pick, pick, pick, und lasen alle guten Körner in die Schüsseln. Und ehe eine halbe Stunde herum war, waren sie schon fertig, und flogen alle wieder hinaus. Da trug das Mädchen die Schüsseln zu der Stiefmutter, freute sich und glaubte, nun dürfte es mit auf die Hochzeit gehen. Aber sie sprach: "Es hilft dir alles nichts: du kommst nicht mit, denn du hast keine Kleider und kannst nicht tanzen; wir müssten uns deiner schämen." Darauf kehrte sie ihm den Rücken zu und eilte mit ihren zwei stolzen Töchtern fort.

Als nun niemand mehr daheim war, ging Aschenputtel zu seiner Mutter Grab unter den Haselbaum und rief:

"Bäumchen, rüttel dich und schüttel dich, Wirf Gold und Silber über mich."

Da warf ihm der Vogel ein golden und silbern Kleid herunter und mit Seide und Silber ausgestickten Schühchen. In aller Eile zog es das Kleid an und ging zur Hochzeit. Seine Schwestern aber und die Stiefmutter erkannten es nicht und meinten, es müsse eine fremde Königstochter sein, so schön sah es in dem goldenen Kleide aus. An Aschenputtel dachten sie gar nicht und dachten, es säße daheim im Schmutz und suchte die Linsen aus der Asche. Der Königssohn kam ihm entgegen, nahm es bei der Hand und tanzte mit ihm. Er wollte auch sonst mit niemandem tanzen, sodaß er ihm die Hand nicht losließ, und wenn ein anderer kam, es aufzufordern, sprach er: "Das ist meine Tänzerin."

Es tanzte bis es Abend war, da wollte es nach Hause gehen. Der Königssohn aber sprach: "Ich gehe mit und begleite dich," denn er wollte sehen, wem das schöne Mädchen angehörte. Sie entwischte ihm aber und sprang in das Taubenhaus. Nun wartete der Königssohn, bis der Vater kam, und sagte ihm, das fremde Mädchen wär in das Taubenhaus gesprungen. Der Alte dachte: "Sollte es Aschenputtel sein?" und sie mussten ihm Axt und Hacken bringen, damit er das Taubenhaus entzweischlagen konnte; aber es war niemand darin. Und als sie ins Haus kamen, lag

Aschenputtel in seinen schmutzigen Kleidern in der Asche, und ein trübes Öllämpchen brannte im Schornstein; denn Aschenputtel war geschwind aus dem Taubenhaus hinten herabgesprungen, und war zu dem Haselbäumchen gelaufen: da hatte es die schönen Kleider ausgezogen und aufs Grab gelegt, und der Vogel hatte sie wieder weggenommen, und dann hatte es sich in seinem grauen Kittelchen in die Küche zur Asche gesetzt.

Am andern Tag, als das Fest von neuem anfing, und die Eltern und Stiefschwestern wieder fort waren, ging Aschenputtel zu dem Haselbaum und sprach:

"Bäumchen, rüttel dich und schüttel dich, Wirf Gold und Silber über mich!"

Da warf der Vogel ein noch viel stolzeres Kleid herab als am vorigen Tag. Und als es mit diesem Kleide auf der Hochzeit erschien, erstaunte jedermann über seine Schönheit. Der Königssohn aber hatte gewartet, bis es kam, nahm es gleich bei der Hand und tanzte nur allein mit ihm. Wenn die andern kamen und es aufforderten, sprach er: "Das ist meine Tänzerin." Als es nun Abend wurde, wollte es fort, und der Königssohn ging ihm nach und wollte sehen, in welches Haus es ging: aber es sprang ihm fort und in den Garten hinter dem Haus. Darin stand ein schöner großer Baum, an dem die herrlichsten Birnen hingen, es kletterte so behend wie ein Eichhörnchen zwischen die Äste, und der Königssohn wusste nicht, wo es hingekommen war. Er wartete aber, bis der Vater kam, und sprach zu ihm: "Das fremde Mädchen ist mir entwischt, und ich glaube, es ist auf den Birnbaum gesprungen." Der Vater dachte: "Sollte es Aschenputtel sein?" ließ sich die Axt holen und hieb den Baum um, aber es war niemand darauf. Und als sie in die Küche kamen, lag Aschenputtel da in der Asche, wie sonst auch, denn es war auf der andern Seite vom Baum herabgesprungen, hatte dem Vogel auf dem Haselbäumchen die schönen Kleider wiedergebracht und sein graues Kittelchen angezogen.

Am dritten Tag, als die Eltern und Schwestern fort waren, ging Aschenputtel wieder zu seiner Mutter Grab und sprach zu dem Bäumchen:

"Bäumchen, rüttel dich und schüttel dich, Wirf Gold und Silber über mich!"

Nun warf ihm der Vogel ein Kleid herab, das war so prächtig und glänzend, wie es noch keins gegeben hatte, und die Schühchen waren ganz golden. Als es in dem Kleid zu der Hochzeit kam, wussten sie alle nicht, was sie vor Verwunderung sagen sollten. Der Königssohn tanzte ganz allein mit ihm, und wenn es einer aufforderte, sprach er: "Das ist meine Tänzerin."

Als es nun Abend war, wollte Aschenputtel fort, und der Königssohn wollte es begleiten, aber es entsprang ihm so geschwind, daß er nicht folgen konnte. Der Königssohn hatte aber eine List gebraucht, und hatte die ganze Treppe mit Pech bestreichen lassen: da war, als es hinabsprang, das linke Schühchen des Mädchens hängen geblieben. Der Königssohn hob es auf, und es war klein und zierlich und ganz golden. Am nächsten Morgen ging er damit zu dem Mann und sagte zu ihm: "Keine andere soll meine Gemahlin werden als die, an deren Fuß dieser goldene Schuh passt." Da freuten sich die beiden Schwestern, denn sie hatten schöne Füße. Die älteste ging mit dem Schuh in die Kammer und wollte ihn anprobieren, und die Mutter stand dabei. Aber sie konnte mit der großen Zehe nicht hineinkommen, und der Schuh war ihr zu klein, da reichte ihr die Mutter ein Messer und sprach: "Hau die Zehe ab: wenn du Königin bist, so brauchst du nicht mehr zu Fuß zu gehen." Das Mädchen hieb die Zehe ab, zwängte den Fuß in den Schuh, verbiss den Schmerz und ging hinaus zum Königssohn. Da nahm er sie als seine Braut aufs Pferd und ritt mit ihr fort. Sie mussten aber an dem Grabe vorbei, da saßen die zwei Täubchen auf dem Haselbäumchen und riefen:

"Rucke di guck, rucke di guck,
Blut ist im Schuck.
Der Schuck ist zu klein,
Die rechte Braut sitzt noch daheim."

Da blickte er auf ihren Fuß und sah, wie das Blut herausquoll. Er wendete sein Pferd um, brachte die falsche Braut wieder nach Hause und sagte, das wäre nicht die rechte, die andere Schwester solle den Schuh anziehen. Da ging diese in die Kammer und kam mit den Zehen glücklich in den Schuh, aber die Ferse war zu groß. Da reichte ihr die Mutter ein Messer und sprach: "Hau ein Stück von der Ferse ab: wann du Königin bist, brauchst du nicht mehr zu Fuß gehen." Das Mädchen hieb ein Stück von der Ferse ab, zwängte den Fuß in den Schuh, verbiss den Schmerz und ging heraus zum Königssohn. Da nahm er sie als seine Braut aufs Pferd und ritt mit ihr fort. Als sie an dem Haselbäumchen vorbeikamen, saßen die zwei Täubchen darauf und riefen:

"Rucke di guck, rucke di guck,
Blut ist im Schuck.
Der Schuck ist zu klein,
Die rechte Braut sitzt noch daheim."

Er blickte nieder auf ihren Fuß und sah, wie das Blut aus dem Schuh quoll und an den weißen Strümpfen ganz rot heraufgestiegen war. Da wendete er sein Pferd und brachte die falsche Braut wieder nach Hause. "Das ist auch nicht die rechte," sprach er, "habt ihr keine andere Tochter?" - "Nein," sagte der Mann, "nur von meiner verstorbenen Frau ist noch ein kleines dummes Aschenputtel da: das kann unmöglich die Braut sein." Der Königssohn sprach, er sollte es heraufschicken, die Mutter aber antwortete: "Ach nein, das ist viel zu schmutzig, das darf sich nicht sehen lassen." Er wollte es aber durchaus haben, und Aschenputtel musste gerufen werden. Da wusch es sich erst Hände und Gesicht rein, ging dann hin und neigte sich vor dem Königssohn, der ihm den goldenen Schuh reichte. Dann setzte es sich auf einen Schemel, zog den Fuß aus dem schweren Holzschuh und steckte ihn in das Schühchen, der war wie angegossen. Und als es sich in die Höhe richtete und der König ihm ins Gesicht sah, so erkannte er das schöne Mädchen, das mit ihm getanzt hatte, und rief: "Das ist die rechte Braut." Die Stiefmutter und die beiden Schwestern erschraken und wurden bleich vor Ärger: er aber nahm Aschenputtel aufs Pferd und ritt mit ihm fort. Als sie an dem Haselbäumchen vorbeikamen, riefen die zwei weißen Täubchen:

"Rucke die guck, rucke di guck,
Kein Blut im Schuck.
Der Schuck ist nicht zu klein,
Die rechte Braut, die führt er heim."

Und als sie das gerufen hatten, kamen sie beide herabgeflogen und setzten sich dem Aschenputtel auf die Schultern, eine rechts, die andere links, und blieben da sitzen.

Als die Hochzeit mit dem Königssohn gehalten werden sollte, kamen die falschen Schwestern, wollten sich einschmeicheln und teil an seinem Glück nehmen. Als die Brautleute nun zur Kirche gingen, war die älteste zur rechten, die jüngste zur linken Seite: da pickten die Tauben einer jeden das eine Auge aus. Danach, als sie herausgingen, war die älteste zur linken und die jüngste zur rechten: da pickten die Tauben einer jeden das andere Auge aus. Und sie waren also für ihre Bosheit und Falschheit mit Blindheit auf ihr Lebtag bestraft.

Der Froschkönig oder der eiserne Heinrich

In den alten Zeiten, wo das Wünschen noch geholfen hat, lebte ein König, dessen Töchter waren alle schön; aber die jüngste war so schön, daß die Sonne selber, die doch so vieles gesehen hat, sich verwunderte, sooft sie ihr ins Gesicht schien. Nahe bei dem Schlosse des Königs lag ein großer dunkler Wald, und in dem Walde unter einer alten Linde war ein Brunnen; wenn nun der Tag recht heiß war, so ging das Königskind hinaus in den Wald und setzte sich an den Rand des kühlen Brunnens - und wenn sie Langeweile hatte, so nahm sie eine goldene Kugel, warf sie in die Höhe und fing sie wieder; und das war ihr liebstes Spielwerk.

Nun trug es sich einmal zu, daß die goldene Kugel der Königstochter nicht in ihr Händchen fiel, das sie in die Höhe gehalten hatte, sondern vorbei auf die Erde schlug und geradezu ins Wasser hineinrollte. Die Königstochter folgte ihr mit den Augen nach, aber die Kugel verschwand, und der Brunnen war tief, so tief, daß man keinen Grund sah. Da fing sie an zu weinen und weinte immer lauter und konnte sich gar nicht trösten. Und wie sie so klagte, rief ihr jemand zu: "Was hast du vor, Königstochter, du schreist ja, daß sich ein Stein erbarmen möchte." Sie sah sich um, woher die Stimme käme, da erblickte sie einen Frosch, der seinen dicken, häßlichen Kopf aus dem Wasser streckte. "Ach, du bist's, alter Wasserpatscher," sagte sie, "ich weine über meine goldene Kugel, die mir in den Brunnen hinabgefallen ist." - "Sei still und weine nicht," antwortete der Frosch, "ich kann wohl Rat schaffen, aber was gibst du mir, wenn ich dein Spielwerk wieder heraufhole?" - "Was du haben willst, lieber Frosch," sagte sie; "meine Kleider, meine Perlen und Edelsteine, auch noch die goldene Krone, die ich trage." Der Frosch antwortete: "Deine Kleider, deine Perlen und Edelsteine und deine goldene Krone, die mag ich nicht: aber wenn du mich liebhaben willst, und ich soll dein Geselle und Spielkamerad sein, an deinem Tischlein neben dir sitzen, von deinem goldenen Tellerlein essen, aus deinem Becherlein trinken, in deinem Bettlein schlafen: wenn du mir das versprichst, so will ich hinuntersteigen und dir die goldene Kugel wieder heraufholen." - "Ach ja," sagte sie, "ich verspreche dir alles, was du willst, wenn du mir nur die Kugel wieder bringst." Sie dachte aber: Was der einfältige Frosch schwätzt! Der sitzt im Wasser bei seinesgleichen und quakt und kann keines Menschen Geselle sein.

Der Frosch, als er die Zusage erhalten hatte, tauchte seinen Kopf unter, sank hinab, und über ein Weilchen kam er wieder heraufgerudert, hatte die Kugel im Maul und warf sie ins Gras. Die Königstochter war voll Freude, als sie ihr schönes Spielwerk wieder erblickte, hob es auf und sprang damit fort. "Warte, warte," rief der Frosch, "nimm mich mit, ich kann nicht so laufen wie du!" Aber was half es ihm, daß er ihr sein Quak, Quak so laut nachschrie, als er konnte! Sie hörte nicht darauf, eilte nach Hause und hatte bald den armen Frosch vergessen, der wieder in seinen Brunnen hinabsteigen mußte.

Am andern Tage, als sie mit dem König und allen Hofleuten sich zur Tafel gesetzt hatte und von ihrem goldenen Tellerlein aß, da kam, plitsch platsch, plitsch platsch, etwas die Marmortreppe heraufgekrochen, und als es oben angelangt war, klopfte es an die Tür und rief: "Königstochter, jüngste, mach mir auf!" Sie lief und wollte sehen, wer draußen wäre, als sie aber aufmachte, so saß der Frosch davor. Da warf sie die Tür hastig zu, setzte sich wieder an den Tisch, und es war ihr ganz angst. Der König sah wohl, daß ihr das Herz gewaltig klopfte, und sprach: "Mein Kind, was fürchtest du dich, steht etwa ein Riese vor der Tür und will dich holen?" - "Ach nein," antwortete sie, "es ist kein Riese, sondern ein garstiger Frosch." - "Was will der Frosch von dir?" - "Ach, lieber Vater, als ich gestern im Wald bei dem Brunnen saß und spielte, da fiel meine goldene Kugel ins Wasser. Und weil ich so weinte, hat sie der Frosch wieder heraufgeholt, und weil er es durchaus verlangte, so versprach ich ihm, er sollte mein Geselle werden; ich dachte aber nimmermehr, daß er aus seinem Wasser herauskönnte. Nun ist er draußen und will zu mir herein." Und schon klopfte es zum zweitenmal und rief:

"Königstochter, jüngste,
Mach mir auf,
Weißt du nicht, was gestern
Du zu mir gesagt

Bei dem kühlen Wasserbrunnen?
Königstochter, jüngste,
Mach mir auf!"

Da sagte der König: "Was du versprochen hast, das mußt du auch halten; geh nur und mach ihm auf." Sie ging und öffnete die Türe, da hüpfte der Frosch herein, ihr immer auf dem Fuße nach, bis zu ihrem Stuhl. Da saß er und rief: "Heb mich herauf zu dir." Sie zauderte, bis es endlich der König befahl. Als der Frosch erst auf dem Stuhl war, wollte er auf den Tisch, und als er da saß, sprach er: "Nun schieb mir dein goldenes Tellerlein näher, damit wir zusammen essen." Das tat sie zwar, aber man sah wohl, daß sie's nicht gerne tat. Der Frosch ließ sich's gut schmecken, aber ihr blieb fast jedes Bißlein im Halse stecken. Endlich sprach er: "Ich habe mich sattgegessen und bin müde; nun trag mich in dein Kämmerlein und mach dein seiden Bettlein zurecht, da wollen wir uns schlafen legen." Die Königstochter fing an zu weinen und fürchtete sich vor dem kalten Frosch, den sie nicht anzurühren getraute und der nun in ihrem schönen, reinen Bettlein schlafen sollte. Der König aber ward zornig und sprach: "Wer dir geholfen hat, als du in der Not warst, den sollst du hernach nicht verachten." Da packte sie ihn mit zwei Fingern, trug ihn hinauf und setzte ihn in eine Ecke. Als sie aber im Bett lag, kam er gekrochen und sprach: "Ich bin müde, ich will schlafen so gut wie du: heb mich herauf, oder ich sag's deinem Vater." Da ward sie erst bitterböse, holte ihn herauf und warf ihn aus allen Kräften wider die Wand: "Nun wirst du Ruhe haben, du garstiger Frosch."

Als er aber herabfiel, war er kein Frosch, sondern ein Königssohn mit schönen und freundlichen Augen. Der war nun nach ihres Vaters Willen ihr lieber Geselle und Gemahl. Da erzählte er ihr, er wäre von einer bösen Hexe verwünscht worden, und niemand hätte ihn aus dem Brunnen erlösen können als sie allein, und morgen wollten sie zusammen in sein Reich gehen. Dann schliefen sie ein, und am andern Morgen, als die Sonne sie aufweckte, kam ein Wagen herangefahren, mit acht weißen Pferden bespannt, die hatten weiße Straußfedern auf dem Kopf und gingen in goldenen Ketten, und hinten stand der Diener des jungen Königs, das war der treue Heinrich. Der treue Heinrich hatte sich so betrübt, als sein Herr in einen Frosch verwandelt worden war, daß er drei eiserne Bande hatte um sein Herz legen lassen, damit es ihm nicht vor Weh und Traurigkeit zerspränge. Der Wagen aber sollte den jungen König in sein Reich abholen; der treue Heinrich hob beide hinein, stellte sich wieder hinten auf und war voller Freude über die Erlösung.

Und als sie ein Stück Wegs gefahren waren, hörte der Königssohn, daß es hinter ihm krachte, als wäre etwas zerbrochen. Da drehte er sich um und rief:

"Heinrich, der Wagen bricht!"
"Nein, Herr, der Wagen nicht,
Es ist ein Band von meinem Herzen,
Das da lag in großen Schmerzen,
Als Ihr in dem Brunnen saßt,
Als Ihr ein Frosch wart."

Noch einmal und noch einmal krachte es auf dem Weg, und der Königssohn meinte immer, der Wagen bräche, und es waren doch nur die Bande, die vom Herzen des treuen Heinrich absprangen, weil sein Herr erlöst und glücklich war.

Rapunzel

Es war einmal ein Mann und eine Frau, die wünschten sich schon lange vergeblich ein Kind, endlich machte sich die Frau Hoffnung, der liebe Gott werde ihren Wunsch erfüllen. Die Eheleute hatten in ihrem Hinterhaus ein kleines Fenster, daraus konnte man in einen prächtigen Garten sehen, der voll schönster Blumen und Kräuter stand. Der Garten war aber von einer hohen Mauer umgeben, und niemand wagte es hineinzugehen, weil er einer Zauberin gehörte, die große Macht hatte und von aller Welt gefürchtet wurde. Eines Tages stand die Frau an diesem Fenster und sah in den Garten hinab, da erblickte sie ein Beet, das mit den schönsten Rapunzeln bepflanzt war; und sie sahen so frisch und grün aus, dass sie heisshungrig das größte Verlangen empfand, von den Rapunzeln zu essen. Diese Begierde nahm jeden Tag zu, und da sie wusste, dass sie keine Rapunzeln bekommen konnte, so nahm sie ab und sah blass und elend aus. Da erschrak der Mann und fragte: "Was fehlt dir, liebe Frau?" - "Ach," antwortete sie, "wenn ich keine Rapunzeln aus dem Garten hinter unserm Hause zu essen kriege, so sterbe ich." Der Mann, der sie lieb hatte, dachte: "Eh du deine Frau sterben lässt, holst du ihr von den Rapunzeln, es mag kosten, was es wolle." In der Abenddämmerung stieg er also über die Mauer in den Garten der Zauberin, stach in aller Eile eine Handvoll Rapunzeln und brachte sie seiner Frau. Sie machte sich sogleich einen Salat daraus und aß ihn in voller

Begierde auf. Sie hatten ihr aber so gut, so gut geschmeckt, dass sie am nächsten Tag noch dreimal soviel Verlangen danach bekam. Um Ruhe zu finden, musste der Mann noch einmal in den Garten steigen. Er machte sich also in der Abenddämmerung wieder hinab. Als er aber die Mauer herabgeklettert war, erschrak er gewaltig, denn er sah die Zauberin vor sich stehen. "Wie kannst du es wagen," sprach sie mit zornigem Blick, "in meinen Garten zu steigen und wie ein Dieb mir meine Rapunzeln zu stehlen? Das soll dir schlecht bekommen." - "Ach," antwortete er, "lasst Gnade vor Recht ergehen, ich habe mich nur aus Not dazu entschlossen: meine Frau hat Eure Rapunzeln aus dem Fenster erblickt, und empfindet ein so großes Verlangen, dass sie sterben würde, wenn sie nicht davon zu essen bekäme." Da ließ die Zauberin in ihrem Zorne nach und sprach zu ihm: "Verhält es sich so, wie du sagst, so will ich dir gestatten, Rapunzeln mitzunehmen, soviel du willst. Jedoch stelle ich eine Bedingung: Du musst mir das Kind geben, das deine Frau zur Welt bringen wird. Es soll ihm gut gehen, und ich will für es sorgen wie eine Mutter." Der Mann sagte in der Angst alles zu, und als seine Frau in die Wochen kam und das Kindlein beboren wurde, so erschien sogleich die Zauberin, gab dem Kinde den Namen Rapunzel und nahm es mit sich fort.

Rapunzel wurde das schönste Kind unter der Sonne. Als es zwölf Jahre alt war, schloss es die Zauberin in einen Turm, der in einem Walde lag, und weder Treppe noch Türe hatte. Nur ganz oben war ein kleines Fensterchen. Wenn die Zauberin hinein wollte, so stellte sie sich hin und rief:

"Rapunzel, Rapunzel, Laß mir dein Haar herunter."

Rapunzel hatte lange prächtige Haare, fein wie gesponnen Gold. Wenn sie nun die Stimme der Zauberin vernahm, so band sie ihre Zöpfe los, wickelte sie oben um einen Fensterhaken, und dann fielen die Haare zwanzig Ellen tief herunter, und die Zauberin, stieg daran hinauf.

Nach ein paar Jahren trug es sich zu, dass der Sohn des Königs durch den Wald ritt und an dem Turm vorbeikam. Da hörte er einen Gesang, der so lieblich war, dass er still hielt und horchte. Das war Rapunzel, die in ihrer Einsamkeit sich die Zeit vertrieb, ihre süße Stimme erschallen zu lassen. Der Königssohn wollte zu ihr hinaufsteigen und suchte nach einer Türe im Turm, aber es war keine zu finden. Er ritt heim, doch der Gesang hatte ihm so sehr das Herz gerührt, dass er jeden Tag hinaus in den Wald ging und zuhörte. Als er einmal so hinter einem Baum stand, sah er, dass eine Zauberin herankam, und hörte, wie sie hinaufrief:

"Rapunzel, Rapunzel, Laß dein Haar herunter."

Da ließ Rapunzel ihre geflochtenen Haare herab, und die Zauberin stieg zu ihr hinauf. "Ist das die Leiter, auf der man hinaufkommt, so will ich auch einmal mein Glück versuchen." Und am folgenden Tag, als es anfing dunkel zu werden, ging er zu dem Turme und rief:

"Rapunzel, Rapunzel, Laß dein Haar herunter."

Alsbald fielen die Haare herab, und der Königssohn stieg hinauf. Anfangs erschrak Rapunzel gewaltig, als ein Mann zu ihr hereinkam, wie ihre Augen noch nie einen erblickt hatten. Doch der Königssohn fing ganz freundlich an mit ihr zu reden und erzählte ihr, dass sein Herz von ihrem Gesange so sehr bewegt worden sei, dass es ihm keine Ruhe gelassen habe und er sie selbst habe sehen müssen. Da verlor Rapunzel ihre Angst, und als er sie fragte, ob sie ihn zum Mann nehmen wollte, und sie sah, dass er jung und schön war, so dachte sie: "Der wird mich lieber haben als die alte Frau Gothel," und sagte ja, und legte ihre Hand in seine Hand. Sie sprach: "Ich will gerne mit dir gehen, aber ich weiß nicht, wie ich herabkommen kann. Wenn du kommst, so bringe jedesmal einen Strang Seide mit. Daraus will ich eine Leiter flechten, und wenn die fertig ist, so steige ich herunter und du nimmst mich auf dein Pferd." Sie verabredeten, dass er bis dahin alle Abende zu ihr kommen sollte, denn bei Tage kam die Alte. Die Zauberin bemerkte auch nichts davon, bis einmal Rapunzel anfing und zu ihr sagte: "Sag Sie mir doch, Frau Gothel, wie kommt es nur, sie waren für mich viel schwerer heraufzuziehen als der junge Königssohn, der in einem Augenblick zu mir kommt." - "Ach du gottloses Kind," rief die Zauberin, "was muss ich von dir hören, ich dachte, ich hätte dich von aller Welt getrennt, und du hast mich doch betrogen!" In ihrem Zorne packte sie die schönen Haare der Rapunzel, schlug sie ein paar mal um ihre linke Hand, griff eine Schere mit der rechten, und ritsch, ratsch waren die schönen Zöpfe abgeschnitten und lagen auf der Erde. Und sie war so unbarmherzig, dass sie die arme Rapunzel in eine Wüste brachte, wo diese in großem Jammer und Elend leben musste.

Am selben Tag aber, an dem sie Rapunzel verstoßen hatte, machte die Zauberin abends die abgeschnittenen Zöpfe oben am Fensterhaken fest, und als der Königssohn kam und rief:

"Rapunzel, Rapunzel, Laß dein Haar herunter."

so ließ sie die Haare hinab. Der Königssohn stieg hinauf, fand aber oben nicht seine liebste Rapunzel, sondern die Zauberin, die ihn mit bösen und giftigen Blicken ansah. "Aha," rief sie höhnisch, "du willst die Frau Liebste holen, aber der schöne Vogel sitzt nicht mehr im Nest und singt nicht mehr, die Katze hat ihn geholt und wird dir auch noch die Augen auskratzen. Für dich ist Rapunzel verloren, du wirst sie nie wieder erblicken." Der Königssohn geriet außer sich vor Schmerzen, und in der Verzweiflung sprang er den Turm herab: und obwohl er überlebt, zerstachen ihm die Dornen, in die er fiel, die Augen. Da irrte er blind im Walde umher, aß nichts als Wurzeln und Beeren, und tat nichts als jammern und weinen über den Verlust seiner liebsten Frau. So wanderte er einige Jahre im Elend umher und geriet endlich in die Wüste, wo Rapunzel mit den Zwillingen, die sie geboren hatte, einem Jungen und einem Mädchen, kümmerlich lebte. Er vernahm eine Stimme, und sie kam ihm so bekannt vor; da ging er darauf zu, und wie er herankam, erkannte ihn Rapunzel und fiel ihm um den Hals und weinte. Zwei von ihren Tränen aber benetzten seine Augen, da wurden sie wieder klar, und er konnte damit sehen wie früher. Er führte sie in sein Reich, wo er mit Freude empfangen wurde, und sie lebten noch lange glücklich und vergnügt.

團隊簡介

計畫主編｜陳麗君

新營人。國立成功大學台文系所副教授，兼任新聞中心主任、性別 kah 婦女研究中心研究員、《台灣語文研究》執行編輯等。長期 tshui-sak 台灣各族群（原住民、台語、新住民）社會語言學研究 kah 活動。最近發表新冊《新移民、女性、母語 ê 社會語言學》（2021）。

台文譯者｜邱偉欣

Tsit-má tī 成大台文所讀博士班。德國 Universität zu Köln 生物學博士。2013-2015 kā 《台文通訊罔報》寫〈生物 kap 健康〉專欄。2013 年李江却台語文教基金會阿却賞長篇小說頭名。2015 年教育部閩客語文學獎台語短篇小說學生組第二名。

插畫｜近藤 綾（木戶愛樂）

王育德外孫。推 sak 台語等鄉土母語 ê 文化工作者，吉祥物「台灣達」設計師。作品有《台湾原住民研究の射程》（2014）封面圖，《トラベル台湾語》(2007) 封面／插圖等。

台文校對｜林月娥

嘉義水上人。成大台文所碩士，成大 kah 教育部台語認證 C2 專業級。國立屏東大學台語課程講師 kah 語文競賽評委；高雄市台語認證研習講師；95 年全國語文競賽台語即席演說 kah 97 年台語朗讀第一名，102 年教育部閩客語文學獎教師組現代詩第二名 kah 107 年屏東縣閩客原文學獎散文社會組第一名。詩文散見《海翁台語文學》、《教育部電子報》、高雄歷史博物館 ê「高雄小故事」。

台文校對｜**白麗芬**

教育部、成大台語認證專業級。104 年全國語文競賽閩南語字音字形社會組第一名。金安出版社《咱來考 C》kah《台語活詞典 首冊》編輯委員，全國語文競賽閩南語朗讀稿作者。Bat 擔任語文競賽講師、評審，台語認證研習講師。作品散見《台文罔報》、《海翁台語文學》、《台客詩刊》、《臺江臺語文學季刊》等。

德文校對｜Oliver Streiter

德國人。現任國立高雄大學西語系副教授、國立政治大學亞太時空資訊研究室研究員、法國現代中國研究中心研究員。從事墓碑研究進入第十三年，規个東亞、東南亞 lóng 是伊 ê 田野基地。

錄音指導｜**馮勝雄**

國立台南大學台灣文化研究所畢業，國小老師退休，目前擔任台南大學台語課程兼任講師，指導台語語文競賽。

有聲朗讀｜**陳靖渝**

海佃國小四年級，個性活跳真骨力，做事大牛無惜力。

有聲朗讀｜**劉宜萍**

海佃國小四年級，愛唱歌閣人緣好，逐項表現攏呵咾。

有聲朗讀｜**黃楷芯**

海佃國小四年級，音樂語文真正好，台語華語雙聲道。

有聲朗讀｜**徐凡褕**

海佃國小五年級，台語朗讀常著等，挨小提琴有本等。

有聲朗讀 | **詹閔晰**

海佃國小五年級，台語音字真熟手，上愛共人鬥跤手。

編輯助理 | **高于棋**

成大台文大一 ê 學生。Bat 擔任校刊 ê 主編、《中市青年》專欄。Bat tio̍h 中台灣聯合文學獎新詩組首獎、全球華文青年文學獎散文組入圍等獎項。

國家圖書館出版品預行編目 (CIP) 資料

你無聽 -- 過 ê 格林童話 /Brüder Grimm 原著 ;
邱偉欣台譯 ; 近藤綾(木戶愛樂)插圖 . -- 初版 .
-- 台北市 : 前衛出版社 , 2021.06

面 ; 公分 . -- (台語文學叢書 ; K124)

譯自 : Grimms Märchen

ISBN 978-957-801-947-8(精裝)

875.596 110008037

世界文學台讀少年雙語系列・1・
你無聽--過 ê 格林童話（台德雙語・附台語朗讀）

原　　著　Brüder Grimm
譯　　者　邱偉欣
主　　編　陳麗君
編輯助理　高于棋
插　　畫　近藤 綾（木戶愛樂）
台文校對　林月娥、白麗芬
德文校對　Oliver Streiter
美術設計　線在創作設計工作室／Sunline Design
朗讀指導　馮勝雄
有聲朗讀　陳靖渝、劉宜萍、黃楷芯、徐凡褕、詹閔晰
錄音混音　音樂人多媒體工作室
出版贊助　天母扶輪社・北區扶輪社・明德扶輪社
　　　　　至善扶輪社・天和扶輪社・天欣扶輪社

出 版 者　前衛出版社
　　　　　地址：104056 台北市中山區農安街 153 號 4 樓之 3
　　　　　電話：02-25865708 ｜傳真：02-25863758
　　　　　郵撥帳號：05625551
　　　　　購書・業務信箱：a4791@ms15.hinet.net
　　　　　投稿・代理信箱：avanguardbook@gmail.com
　　　　　官方網站：http://www.avanguard.com.tw

出版總監　林文欽
法律顧問　陽光百合律師事務所
總 經 銷　紅螞蟻圖書有限公司
　　　　　地址：114066 台北市內湖區舊宗路二段 121 巷 19 號
　　　　　電話：02-27953656 ｜傳真：02-27954100
出版日期　2021 年 6 月初版一刷｜2023 年 4 月初版二刷
定　　價　新台幣 380 元

Printed in Taiwan　ISBN 978-957-801-947-8